若さま同心　徳川竜之助【七】

卑怯三刀流

風野真知雄

双葉文庫

目次

卑怯三刀流

若さま同心　徳川竜之助

序　章　北辰一刀流《ほくしんいっとうりゅう》の恥

岩瀬作次郎《いわせさくじろう》はがっかりしてしまった。愕然《がくぜん》として、力が抜けてしまった。あげくは馬鹿馬鹿しくなってしまった。

仲間たちとの固い誓いの約束だったはずなのである。

北辰一刀流の仲間五人。京都に上って、風雲に乗じ、天下に剣名を轟《とどろ》かそうと。

それが岩瀬だけ置いていかれた。

一昨日の朝、日本橋《にほんばし》を出た。品川《しながわ》に泊まり、昨日は二泊目だった。東海道《とうかいどう》は藤《ふじ》沢《さわ》の宿である。品川から数えて六番目の宿に当たる。

昨夜、飲みすぎたのもまずかった。女なんかも呼ばなければよかった。疲れと酔いで岩瀬はすぐにへべれけになり、早々に意識を失った。目が覚めたらこのざまである。

だが、向こうがすでにその気だったなら、どうすることもできなかっただろう。

置き手紙は四人の連名で、冒頭から、

「わしらのことは忘れてくれ」

と、あった。一瞬、自分が旅人たちにいたぶられた少女になったような気がした。

「江戸にいるときから、よくよく相談して決めた結論なのだ」

ともあった。だったら、江戸にいるときに言えばよかったではないか。旅仕度や借金の清算など、ずいぶんな出費もあったのである。

なんとしても追いついて、気が済むまで四人をぶん殴ってやろうかとも思ったが、こっちの気持ちを予想したらしく、

「追いかけても無駄だ」

とも書いてあった。途中から間道に入るのだそうだ。そこまで言われたら追いかける気にもなれない。

「まいったな」

と、岩瀬は大きな頭の古傷をこすった。長さ七寸ほどの傷が、月代《さかやき》のところを

斜めに走っている。

「やっぱり、置いていかれましたね」

と、勘定を取りにきた妓楼《ぎろう》の仲居が言った。ご丁寧に岩瀬の分は払わずに出て行ったというのだ。

「え？」

「あんた、ずいぶん嫌われてるみたいだったから」

おおかた女郎あがりの、肥《ふと》ったキツネのような顔をした仲居は、ずけずけと言いたいことを言う。

「わしは友人にはけっこう好かれるほうだと思っていたのだがなあ」

と、岩瀬は自信なさげに異議を唱えた。

「あの人たちの話を聞いたら、そうは思えないね。あんた、卑怯《ひきょう》なんだって？」

「なんだと？」

階段を降りようとしていた岩瀬は、思わず振り向いて、足を踏み外しそうになった。

「変な剣を使うんだって？」

「それはまあ」

「北辰一刀流の恥だって」

「無礼な」

眉《まゆ》を吊り上げた。

「あたしに怒らないでよ。あの人たちが言ったんだから」

「流派の恥……そこまで言うか」

「やらなくていい卑怯なことをするって」

「卑怯とな」

がっかりしてつぶやいた。

そう言いたい気持ちはわかる。だが、いざ勝負となれば、勝つためには、やれることはすべてやるべきだろう。策略も剣法のうち。あいつらもそれは認めていたのではないのか。

「盲人のふりをしたりするんですって？」

「ああ」

「病人を装ったりも」

「うむ」

そんなふうに言われると、たしかに姑息《こそく》な感じはする。滑稽《こっけい》で笑いたくもなるだろう。だが、それをするのは、切羽詰まって息苦しいような場面なのだ。そんなとき、そうした芝居をやるのがどんなに大変か。やれるものならやってみろと言いたい。

「京都では北辰一刀流の名誉のためにも、正々堂々とこの国のために戦いたいんですって。だから、あんたのことは置いていくって」

「そうか。わかった……」

岩瀬はがっかりして、すっかり日が昇った街道筋に出て行った。

「あれでよかったですか？」

と、仲居は隣りの部屋に通じた襖《ふすま》を開けて、訊《き》いた。

「ああ、よかった」

隣りの部屋には四人の男がいた。気配を消そうとしていたらしく、それぞれ布団にもぐりこんでいた。

とても風雲の京都で剣名を轟かすふうには見えない。箱根《はこね》の山で追いはぎに身ぐるみ剝《は》がれて帰ってきそうである。

「かわいそうでしたね。あんなにがっかりして」

「なあに、いいんだ」

「でも、ほんとなんですか。卑怯な剣というのは？」

「あれは全部、本当だぞ」

「じゃあ、弱いからでしょ。なんだか、かわいそう。弱いうえに、信じてたお仲間からはこんなふうに見捨てられて」

と、仲居はさっきとはうって変わって、岩瀬に同情した。そのくせ、お礼の二朱銀は、死んでも返しませんよというように、懐の奥に仕舞ってある。

「いや、弱くない」

と、四人の一人がきっぱりと言った。

「それどころか、素晴らしく強い」

「でも、強かったら、あんな大きな傷はつけられませんでしょ？」

仲居が頭に手を当てて言うと、

「あれは刀傷ではないらしい」

「刀であんな傷をつけられたら、間違いなくあの世に行っているさ」

「なんでも若いときに国許《くにもと》の川っぷちの畑で寝入っていたら、百姓に間違えて鍬《くわ》を振り下ろされたらしい」

「鍬傷なんだ、あれは」

「あれがあるから、あいつも人間として偏屈になってしまったんだろうな」

と、四人の男たちは次々と言った。

「へえ、強いんですか、あの方」

「純粋に剣の腕だけを取っても、やつはいまの北辰一刀流でも三本の指に入る」

一人がそう言うと、ほかの三人も素直にうなずいた。


「どうしたもんかな」

と、藤沢から江戸に引き返しながら、岩瀬作次郎はつぶやいた。

「そうだ。あいつのことを調べてみようか」

昨夜、不思議な話題が出た。

将軍家に、新陰流《しんかげりゅう》の中でも最強の剣が伝わっているというのだ。誰が名づけたのか、葵《あおい》新陰流。これまでも、肥後《ひご》新陰流や肥前《ひぜん》新陰流、そして柳生《やぎゅう》本家の遣い手が、いかに将軍家であっても最強を名乗ることは許せぬと、次々に刺客を向けてきた。

だが、ことごとく将軍家の剣に打ち倒されてしまった。

しかも、いまでは新陰流だけでなく、全国さまざまな流派の遣い手が、葵新陰流を打ち負かすべく、動き出したというのである。

岩瀬たちは、福井藩の江戸詰めの下級武士である。

この話は、同じ北辰一刀流を学ぶ西国の某藩の藩士から伝わってきたらしい。

「しかも、その葵新陰流の伝承者は、御三卿《ごさんきょう》の若さまで、いまは町奉行所の与力だか、同心だかとして出仕している。そのため、接近するのはさほど難しくはないらしい」

というのだった。しかし、大方の意見は、

「そんなものはハッタリだな。それほどの剣客が将軍家で育つか。みな、殿さまだの若さまばっかりだろうが」

と、話の真偽自体に否定的だった。

だが、岩瀬はわからないと思った。逆にそういうおっとりした血にふさわしい剣なのかもしれない。もともと徳川《とくがわ》家というのは、天下を取ったくらいの血なのだから、そこらの血よりははるかに武人の資質に恵まれているのかもしれないではないか。

ただ、御三卿の御曹司《おんぞうし》が奉行所の与力だか同心だかをしているというのは、とても信じられない。そのあたりは、何か誤解して伝わっているのかもしれない。

――とりあえず、見てみるか。

そして、からかってやってもいいのだ。

岩瀬は、かなりの速さで神奈川宿《かながわしゅく》まで引き返してきた。歩くうちに元気も盛り返してきて、あの四人のことなどどうでもよくなってきた。

どこかでそばでもすするかと、町並を見渡した。すると、そば屋ののれんが出ているあたりに、人だかりがあった。大道芸人が芸でも披露しているような人だかりではない。血なまぐさい不穏な空気が漂っている。

近づいてみると、騒ぎはそば屋の隣りの宿屋で起きていた。

男の怒鳴り声や女の悲鳴が聞こえている。それを野次馬たちが遠巻きに眺めている。

「どうしたのだ？」

と、岩瀬は隣りにいたこの宿場の者らしい年寄りに訊いた。

「酔っ払ってあばれているんです」

「踏みこんでとっ捕まえればいいではないか」

二階に閉じこもっているわけではない。宿の一階で騒ぎを起こしている。

こっちには、宿場の役人らしき男たちがいる。たすきがけに鉢巻と格好は勇ましいが、突入する覚悟はまだできていないらしい。

「女郎を裸にして火あぶりにすると言っているのです」

「火あぶり？　冗談だろう」

「冗談とは思わせない、頭のいかれたやつらなんで」

ちらちら見える男たちの影を数えると、せいぜい三人ほどしかいない。

女の白い尻がちらっと見えた。土間では火も焚《た》いているらしい。

「ヤクザか？」

「ここを縄張りにしてる竜吉《たつきち》と子分どもです。このところやりたい放題です」

「天下の往来で、しかも真っ昼間にな」

と、岩瀬は呆《あき》れて言った。

これもお上がしっかりしないからではないか。

「竜吉が横浜《よこはま》の異人に気に入られて、親しくしているもんだから、役人まで手出しがしにくくなって、あのざまでさあ」

「弱ったもんだな」

岩瀬は背中にくくりつけていた刀をはずし、これを腰に差した。

これで三刀である。左の腰のところが、お祭りでも始まったみたいに賑々《にぎにぎ》しい。

「どうなさるので？」

「退治してやるのさ。女もああしていつまでも、尻を見せられていたらかわいそうだろうが」

そう言って、岩瀬は宿の出入り口に向かって歩き出した。たすきも鉢巻もない旅姿である。ただ、異様なほど大きく、右足をひきずっていた。さっきまでは、ごくふつうに歩いていたのに。

岩瀬が近づいてきたのに気づいたらしく、中から三人の男が現われ、出入り口のところに並んだ。三人とも、抜き身の刀を手にしている。

「どうした、お侍。この宿は、今日は休業だぜ」

と、真ん中にいた男が言った。こいつが親分の竜吉らしい。歳は三十代の後半あたりか。上背があり、いい身体をしている。肩のところからは、鱗《うろこ》のある彫り物の足がのぞいている。

「こんな昼間っから泊まるものか。わしは、宿場のハエどもを退治しに来ただけだ」

そう言いながら、さらに数歩進んだ。左足だけに重心がかかり、身体は大きく揺れている。

「へえ」

と、竜吉は嬉しそうに笑って、

「そんなこと言ってると、頭のてっぺんにあと三本、筋が並ぶぜ」

これには左右の二人もだらしない顔で笑った。

「それはどうかな」

と、岩瀬が言った途端、抜かれた剣が宙を走った。ただ、それはあらぬ方向へと飛び、隣りのそば屋の看板へと突き刺さった。

竜吉ら三人も、思わずそっちを向いた。だから、二本目の刀も宙を飛んだのに、竜吉は気づかなかった。それは、竜吉の胸を深々と貫いた。

「うっ」

小さく呻《うめ》いただけで、竜吉は崩れ落ちた。

そのときはもう、岩瀬は残りの二人に向かって突進していた。さっきまで足をひきずっていた名残りなど、露《つゆ》ほども見えない。

「あ、てめえ、この野郎」

「ぶっ殺してやる」

二人は喚《わめ》いた。

だが、岩瀬は無言のままである。

ぎらっ、ぎらっ。

と、銀の水車でも回るように刃が大きな円を描いてひるがえった。

腕が飛び、背中が割れた。噴き出した血潮《ちしお》には、喜びの酒のような勢いがあった。

二人はすぐに、恨みの言葉もなく倒れた。

歓声が上がり、へっぴり腰でいた宿場役人たちが宿に飛び込んでいくと、野次馬たちからほっとしたため息が洩《も》れた。

だが、ヤクザを退治した武士に対する賞賛の声はなかなか上がってこない。それどころか、声を低めて、こんなつぶやきを洩らす連中もいた。

「あれでも武士か」

「足をひきずる真似をしたうえに、三本も刀を使う」

「しかも、そのうちの二本は投げたぜ」

「刀というのは武士の魂だろ」

「最近は武州《ぶしゅう》の在の百姓も、一丁前の武士のようなツラしてるから、どうせそのたぐいだろうが」

「あんな流派あるのかな」

という声が聞こえた。

すると、それまでのざわめきを無視していた岩瀬作次郎は、振り向いてにやっと笑い、

「卑怯三刀流と申す」

と、言った。

第一章　洒落者

一

八丁堀《はっちょうぼり》の徳川――いや、福川竜之助《ふくがわりゅうのすけ》の家に、手伝いの娘として入っているやよいが、庭に出て十手を振り回していた。

やけに色っぽい娘のくせに、武芸のほうは相当に使う。そこらの免許皆伝あたりでは、この娘に歯が立たない。

十手には、握りのところに滑りどめを兼ねて、細紐が巻かれてある。いざとなれば、これは捕り物のときに下手人を縛るのにも使う。

やよいはその紐の端を持ち、空中でくるくると旋回させているのだが、しきりに首をかしげている。

やっぱり、あの動きは不自然である。くるくる回っていたのが、急に方向を変えて、敵の刀の鍔《つば》に喰らいついた。まるで生きているみたいに。

若さまはいつも十手を回したりしているから、手妻《てづま》（手品）みたいに器用なこともできるのかと思ったが、そういうものでもない。皿回しもいつも皿を回してはいるが、皿で悪人をやっつけることはできない。ちらっと仕掛けはほどこしたというようなことは言っていたが、どんな仕掛けだったのか。

若さまが持っていたのは、この十手と同じものではない。

たしかカギのところが刃ほどではないが、平たくなっていた。あれはたぶん、平たく風を切りやすくしたのではないか。川べりなどでやる水切り遊びのときも、平たい石を投げたほうがうまく風に乗って飛ぶ。あれと同じ原理ではないか。

でも、それだけであんな動きにはならない。

——変よねえ。

と、唸《うな》った。

何か若さま独自の創意工夫というのがあるのだ。

「おい、やよい」

庭の生垣の向こうに、年寄りが立った。

「支倉《はせくら》さま」

田安《たやす》徳川家の爺、支倉辰右衛門《たつえもん》である。

「何をしてるのだ？」

「支倉さまこそ」

妙な変装をしてきた。

茹《ゆ》で玉子売りである。

「うまい玉子をたっぷり入手したので、若に食べてもらおうと茹で玉子にして持ってきたのよ。それなら、ついでに茹で玉子売りに化けてもいいかなと」

この謹厳《きんげん》な老人には、意外に人を楽しませたいというひょうきんな精神がたっぷり備わっているらしい。

いままでも大名行列の奴《やっこ》に化けたし、虚無僧《こむそう》や旅役者にも化けた。もしかしたら、女装まであと一歩のところまできているのではないか。ちょっと怖い。

「そなたこそ、女だてらに十手なんぞ振り回して」

「はい、じつは……」

と、竜之助の新しい技のことを教えた。

「なに、十手がつばくろのように飛んで、敵の刀に喰らいつくとな」

「はい」

「凄《すご》いな、若は。たいしたものだな」

と、嬉しそうである。つねづね危ないことはやめろとうるさいくせに、強いと聞けばやけに自慢げになる。年寄りに多い一貫性のなさである。

「凄いで済ましてしまえば終わりですが」

「自分で編み出したのか？」

「そうみたいです」

あんなおかしな技は若さまだから編み出し得たのではないか。

「それなら、若に訊けばよいではないか」

「もちろん訊きましたとも。でも、例によってしらばくれた答えしか返ってきません」

「なんと？」

「そりゃあ、人間、最後は気合だと」

「たしかにそうだな」

「気合で十手があんなふうに空を飛ぶでしょうか」

やよいはあの不思議な十手の動きが目に焼きついて離れない。

「うむ、わしが謎を解いてやろう」

と、やよいから十手を奪って振った。

「無理だと思いますが」

と、やよいは軽く言った。

二

「市村宙之助《いちむらそらのすけ》です」

「福川竜之助です」

男二人が名乗り合った。

「いや、噂どおり、容子《ようす》のいい同心さまだ」

「とんでもない。お役者の格好のよさはやっぱり輝くようですね」

それは竜之助がつくづく思ったことである。たぶんどんな雑踏にいても、娘たちの視線はあっという間に宙之助の顔に張りついて離れなくなるだろう。見目のよさを飯の種にしている人は、やはり素人とは輝きが違う。

とくに宙之助は、いまをときめく若手の二枚目というから、旬のよさも加わっているのだろう。

ここは神田旅籠町《かんだはたごちょう》の〈すし文〉である。

岡っ引きの文治《ぶんじ》の実家で、竜之助たちは気軽に食べたり飲んだりする店として重宝していた。

今朝、この近くに住む瓦版屋のお佐紀《さき》に、「ぜひ会って欲しい人が」と頼まれ、ちらっと立ち寄ったのだった。

二人を紹介し終えたお佐紀は、

「大将、おいしいところを一通り握ってください」

と言って、あとはどうぞというふうに割り箸を割って肴《さかな》に手をのばした。お佐紀は意外に酒が強く、かなり飲んでも理知的だ。

「じつは、今度、芝居で町方の同心さまの役をやることになりましてね」

「ほう」

「ただ、大名家の三男坊が、酔狂で町方の同心になって……という馬鹿げた話でして。まあ、戯作者《げさくしゃ》だの狂言作者だのってのは、みな、頭がどうかしていますから、ありえない話も平気で書いたりするものでして」

「ううん。ありえないというほどでもないと思いますがね」

と、竜之助は微妙な顔をした。

「もちろん、露骨に八丁堀を匂わすことはしません。ただ、見る人はどうしたって、いつも町で見かける同心さまを思い浮かべるでしょう。そのとき、嘘っぽく感じさせないため、ぜひ、本物の同心さまと話ができないものかと思ってたら、このお佐紀ちゃんが、八丁堀でいちばん容子のいい同心さまと知り合いだって」

「あら。あたし、そんなこと言った？」

お佐紀の涼しげな目元にさっと赤味がさした。

「言ったとも。まさに嘘じゃない。ちっと、まず立ち姿を見せていただけませんか？」

「こうかい？」

小さな樽《たる》に座っていた竜之助は立ち上がってみせた。

竜之助は少なくとも外見上は隙がない。性格のほうは隙だらけだという声はずいぶんとあるけれど。

「ああ、いいですね。十手は構えないんですか？」

「構えるとも。こう抜いて……」

くるくるっと回し、さっと帯に差す。このしぐさを何度か繰り返してみせた。

「いいですね。それは、八丁堀じゃみなさんやるんですかい？」

「いや、これはおいらだけなんだよ。おいらも少年のとき、町を歩く同心の格好のよさに憧れたからさ、見た目は馬鹿にしちゃいけねえって思ってね、そういうのは正義を応援してくれることにもつながるんじゃないかと思うんだよ」

「それで十手の稽古を」

「ああ。ガキみたいだけどね」

と、照れた。

「ちょっと変わった十手ですね」

「ふつうの十手と使い方が違うからね」

「どう違うんで?」

「紐を使って動かすんだけど、いまから刀を抜こうという者の刀の鍔に、この十手のカギががぶっと喰らいつくんだよ」

「そんなことできるんですか?」

「やって見せたほうが早いか」

と、外に出た。

宙之助に刀を差してもらい、いまにも抜こうというように右手を刀の柄《つか》に、左手を鞘《さや》に添えてもらう。見よう見真似だろうが、それでもいちおうさまになるのはさすがである。

竜之助は十手を回しはじめた。

怖がらないようゆっくりめに回してはいるのだが、

「それを刀にぶつけるんですかい？」

と、宙之助は怯《おび》えたように訊いた。

「いや。こうするんだよ」

竜之助の姿勢がすこし下がったと思ったら、回っていた十手がいきなり角度を変え、宙之助の腰に差した刀に向けてつばくろのように飛んできた。

「あっ」

と、叫んだときは遅い。十手のカギががっぷり喰らいついた。しかも、竜之助が手の先をぴゅっと振ると、

「うわっ」

電撃のような強いしびれが手を走ったのである。

「つばくろ十手という技です」

「これは、凄い」

目を丸くして驚いている。

「じつは、タネがあるんですよ。十手の先に細い絹糸がついていて、紐と糸の二本で操作しているのです。操り人形みたいなものです。引っ張るだけでは、あんな動きにはなりませんよ」

と、いかにもかんたんそうに言った。

「ああ、なるほど。でも、そんな大事な話をばらしちゃっていいんですか?」

「いいんですよ。原理を知っても、じっさいにはなかなかやれるものではない。武芸はどれもそういうもんです。たぶん、芝居も同じなんでしょうが」

竜之助がそう言うと、宙之助は嬉しそうに、

「そのとおりです。でも、福川さま。それに、決めゼリフがあれば言うことありませんね」

と言った。

「決めゼリフ?」

「ええ。悪党をお縄にしたとき、かならずその言葉を言うんです。芝居ではよくやるんですがね」

「へえ」

「この前やった芝居には、こんなセリフがありましたっけ。夜の月は見逃してく

れたかもしれねえが、昼間のお天道さまは見逃さねえぜ！」

いかにも大仰に見得を切ってみせる。

「いいねえ」

「もし、そういうものがあれば、悪事を抑制する効果も生まれるかもしれません
よ」

「なるほど」

同心独特の巻き舌で、十手を構えながら決めゼリフを言った自分を思い浮かべ
る。なかなかいいではないか。

「お洒落《しやれ》だねえ。同心はそうでなくちゃ」

「そうでしょ」

「いいことを教えてもらったなあ」

「あっしも、技の秘密まで教えてもらいましたから」

二人でついにやにやしてしまう。

「福川さま。宙之助さん。なに嬉しそうにしてるんですか」

と、お佐紀が店の入り口のところに出てきて訊いた。

「あ、いや、別に」

そこに文治が走ってきた。ここにいることは伝えておいた。

「福川さま。大変です」

「どうした？」

「品川で、殺しです」

竜之助は視線を外していたので気づかなかったが、市村宙之助が一瞬、怯えたような顔をした。

三

文治は南品川宿の手前と聞いたらしいが、どうやら北品川宿だったらしい。品川宿は街道に沿って長く、北と南にわかれている。

すこし行き過ぎてから、どうもようすが変だというので引き返すと、定町廻り同心の矢崎三五郎《やざきさんごろう》はすでに来ていて、莚《むしろ》の下の死体を調べているところだった。海っ端《ぱた》にかがんでいたので、見えなかったのである。

「遅《おせ》えぞ、福川」

「すみません」

きびしい先輩である。

ここは北品川宿に入ってすぐといったところ。町奉行所の管轄ではないが、東海道筋は特別警戒態勢が取られ、ひどい事件が起きれば町奉行所からも人が駆けつけるようになっている。

ここらあたりは片側が町で、もう片側は浜辺になっている。殺された男は道から転がり落ちて、波打ち際に大の字に倒れていた。

頭は大きく陥没し、木の皮がこびりついている。

「これって殴られたんでしょうか?」

と、竜之助は訊いた。あまりにもへこみ方がひどい。

「うむ。よほどの遣い手が丸太で思い切り打ったんだろうな」

「事故ってことは?」

「どこにぶつけたら、こんなに陥没するんだよ?」

たしかに、周囲は土と砂だけで木はない。

しかも、血の流れ具合から、ここが現場であることは明らかだった。

死んだのはたぶん昨夜。今朝、犬が死体に向かって吠えていたので、近所の者が見つけた。

「身元は?」

と、矢崎が宿場役人に訊いた。

「わかってます。この人の知り合いがいたので。佐久間河岸《さくまがし》で大きな口入れ屋をしている甲州屋《こうしゅうや》の若旦那の維一郎《いいちろう》さんだそうです」

知り合いというのは、去年あたりまで甲州屋に出入りしていた人足頭だった。

いまは、事件を知って、父親に教えなければと、佐久間河岸に向かってしまったらしい。

ただ、話は聞いてあった。

昨夜遅く、その人足頭は旧知の若旦那と会った。ふだんはふわふわしたような調子の若旦那が、めずらしく興奮したようすで、ろくろく挨拶もしなかった。

しかも、ぶつぶつつぶやいていた言葉は、あとで思い起こすと、

「殺してやる」

という物騒《ぶっそう》なものだったという。

「殺してやる、か……」

矢崎は唸った。

「しかも、これだ」

と、若旦那の袂《たもと》から出たものを指差した。白木の短刀である。

「殺すつもりが殺されたかな」

矢崎は腕組みして言った。

謎は多いが、とくに変わった事件ではない。

若旦那の身辺や付き合いをていねいに洗えば、きっと下手人にたどりつけるだろう。

「担当は福川さまでしょうね」

と、文治が小声で言った。

「どうかなあ。こういうのはたぶん、やらせてもらえないんだよな」

近ごろはよほど変なやつと思われているのか、変な事件ばかりやらされる。

ざっと調べ終えて、

「これは福川には難しいかもしれぬな」

と、矢崎は言った。

「そうですか」

「かんたんそうに見えるだろう？」

「そんなこともないですが……」

かんたんな事件など、じつは一つもない。どれも、犯行の動機にも下手人の心の奥にも、解明できない深い闇が横たわっている。でも、これはいまのところ、そう奇妙なことにはならないかもしれない。

「ところが、こういう事件ほど思ったところには行き着かない」

と、矢崎は竜之助の目を見て、言った。

「はあ。そういうものかもしれませんね」

「よし。この殺しはおいらが担当しよう」

矢崎は宣言するように言った。

「では、わたしは？」

「おめえは、いいや。その分、夜回りをしっかりやれ」

「はい」

そういえば、永代橋《えいたいばし》のあたりが物騒だとかいう話がきていた。たしかにそっちも怠ってはまずいだろう。起きてしまった殺しはどうしようもないが、不穏な状況を警戒すれば事件を未然に防ぐことができるかもしれない。

「だいたい、おめえはここんとこ、ちっと手柄をいくつか立てて、一人前になったつもりでいるようだが、あくまでも見習いなんだから」

「はい」

「それを忘れるなよ」

「……」

すこしは忘れていたかもしれない。

「ところで、福川、ウサギの肉を食うと、足が速くなるって話を知らないか?」

と、矢崎は肩を寄せ、小声で訊いた。

「いや、聞いたことはありませんね」

「どうも、エゲレスだかメリケンだかに耳の黄色いウサギがいて、これが効くらしいんだがな」

「知りませんねえ」

もちろん、嘘ではない。まして、そんな怪しげなものは食う気にもなれない。

だが、矢崎は足が速いということに命を懸けているらしく、「史上最速の同心」という称号を得るためには、なんでもしそうな気がする。

「おめえ、ないしょで食ってねえだろうな」

「食ってませんよ、そんなもの」

と、竜之助は笑った。

四

矢崎三五郎と岡っ引きの文治が神田佐久間河岸の甲州屋に向かったので、竜之助はひとまず奉行所にもどることにした。

永代橋の橋番からの報告があったはずだと、その書類を探していると——。

「お、福川、もどったか？」

同心部屋に与力の高田九右衛門《たかだきゆうえもん》が竹筒から押し出されるところ天のように、ぬうっと現われた。高田は表情に乏しいため、つねにぬうっという感じにはなる。

部屋にいた同心たちは顔をしかめ、なかには露骨に席を立つ者までいた。

高田は同心たちに蛇蝎《だかつ》のごとく嫌われている。その理由の一つに、通称「高田の閻魔帳《えんまちょう》」がある。同心たちの勤務ぶりや家での暮らしぶりまで調べて、帳面に記述しているのだ。しかも、これで点数をつけ、同心たちを発奮させる材料にしようとまで考えている。同心からしたら、鬱陶《うっとう》しくてたまらない。

だが、その高田はなぜか竜之助のことを気に入ったらしく、いろいろと世話を焼きたがる。

「福川。ちょっと付き合え」

「あ、いま、調べものを」

「ちょっとだけだ。それはいい」

こっちのことはほとんど気にしない。

門を出て、外に連れ出した。

奉行所の前の広場は、訴えに来た者や、裁きの証人などで混雑していた。そのわきのほうに置かれた腰掛に、愛想のいい町人がいた。

「おい、連れて来たぞ」

高田九右衛門がそう言うと、町人は手をすり合わせながら立ち上がって、深々と礼をした。

「紹介しよう。呉服屋の島原屋《しまばらや》だ。若いがやり手だぞ」

「福川さま。お噂はかねがね」

にこっと笑った。歯がやたらと白い。

江戸の男は、歯がやたらと白いのがお洒落の必須条件になっている。その傾向は近ごろますますひどい。

いろんなもので磨く。土だの灰汁《あく》だの、信じがたいものも試す。なかには歯を白くするだけでは物足りず、歯の白さを強調するために肌を黒くする者もいるらしい。白面の美男子が歯のために、白面を犠牲にするのだ。

この島原屋もやけに色が黒い。もしかしたら、歯のために肌を焼いたのかもしれない。

「島原屋は、福川に頼みがあるというのさ」

と、高田は先をうながした。

「頼み？」

「はい。じつは、福川さまのお着物をぜひ、手前どもの店で提供させていただけないものかと」

「は？」

何を言っているのかわからない。

「向こう十年、季節ごとに正月と春夏秋冬分の五着をただで差し上げるのです。もちろんそれに合った帯も」

「どうだ、福川、いい話だろう？」

「何のために？」

「福川さまが着ている着物ということで、町の連中が注目するんです。手前どもは、あれはうちの着物だと宣伝させてもらいます。すると、あんなに娘たちにもてるならと、同じ着物が飛ぶように売れ始めます。そうして、うちの着物の売上げがいっきに伸びるという目論見でして」

「そんな馬鹿な」

と、竜之助は苦笑した。

「本当なんですって。福川さまは、もう着物の心配はない。手前どももおかげさまで売上げが伸びる。お互い、損はないと思うのですが」

「損はないが、それって……」

役得だろう。不正だろう。

奉行所の者は、町人のために働くのが当たり前で、そのための給金ではないか。町を回るのも江戸の平和のためで、着物を見せびらかすためではない。この商人は何か考え違いをしている気がする。

竜之助はむっとした。

だが、島原屋は、そんなことはいっこうにおかまいなく、

「いや、もちろん、こちらにも条件がありますよ。一度だけ、こちらが提案する着物を着ていただき、期待するほどの売上げを出せるか、見させていただき、そ

れで契約を結ばせていただきたいのです。ま、福川さまの場合はまず、大丈夫だと思います。なんといっても女たちがあれだけ振り向くくらいですから」

変な話が持ち込まれたものである。

要は歩く看板になってくれというのだろう。

「いやあ、そういうものをもらったりするのはまずいですよ」

竜之助が断わろうとすると、

「よし、島原屋。あとはわしが引き受けたぞ」

高田があわてて、竜之助の言葉をさえぎった。

「じゃあ、よろしくお願いします」

島原屋は、歯を真珠貝のように光らせながら、帰って行った。

五

矢崎と文治は、殺された甲州屋の若旦那の身辺を洗いはじめている。

甲州屋は佐久間河岸に面したところにあって、間口も四間（約七メートル）ほど。口入れ屋というが、貸し船などもやっている大きな店だった。店の前には派遣先が決まるのを待つ人足たちが二、三十人ほどたむろしている。だが、店の景気は悪くはないらしく、人足たちの表情はどこかのんき気そうだった。

「あれは、商売の跡継ぎとしてはほとんど期待してませんでした。歳の離れた妹がいるので、そっちに婿を取ることも考えていたくらいです。だが、いざ、死なれるとがっかりしちまいますなあ」

と、甲州屋のあるじで維一郎の父親は肩を落とした。

「商売熱心ではなかったと？」

と、文治は訊いた。矢崎は文治の後ろで、黙ってあるじの顔を見ている。

「まったく見向きもしませんでした。怒っても駄目で、ま、そのうち気が向くこともあるかと」

荒っぽそうな商売をしているわりには、ずいぶんやさしげなことを言った。

「だから、あれがどんなヤツと付き合って、どんな遊びをしているのか、そこらはほとんどわからねえんです。大方、吉原《よしわら》あたりに入り浸っていたんでしょうが。親のくせになんだと叱られそうですが、あっしも自分の若いときのだらしねえ暮らしを思い出すと、そう偉そうなことは言えねえもんでして」

結局、父親はほとんど知らなかった。

「殺してやる？　若旦那がそんなことを言うのは聞いたことがありませんね」

と、古くからいる番頭が言った。

「若旦那は、穏やかな性格だったのかい？」

と、文治が訊いた。

「穏やかというより、荒っぽいことは野暮《やぼ》だって思ってたんじゃないですかね」

「でも、誰かを殺すみたいなことを言ってたんだぜ」

「いやあ、そんな人じゃなかったですよ」

番頭は、そんなことはあり得ないというように首を大きく傾けた。

「客に喧嘩《けんか》をふっかけられたなんてことは？」

「それこそあり得ません。そもそも仕事をしないんですから、喧嘩になりようがないでしょう」

「つまりは、若旦那ってのはどういう人だったんだ？」

文治はいくらか苛立《いらだ》ったように訊いた。なかなか人柄が見えてこないのだ。

「いまどきの若者でしょうね。何を考えているのかわからないところはありました」

「じゃあ、いまどきといったら福川の系列かな」

と、後ろから矢崎が言った。真実を炙《あぶ》り出すためには、何の役にも立たない余詰口である。

若旦那は家にいることが少なかった。

朝、女中につくっておいてもらった握り飯を二つ食べると、身支度を整え、家を出た。もどりはいつも店じまいしてからで、つくっておいた握り飯と汁で夕飯をすませると、そのまま寝てしまう。

これでは若旦那のことはわからないだろう。

両国広小路《りょうごくひろこうじ》に、よく行く水茶屋《みずぢゃや》があったというので、そこへ向かった。

柳橋《やなぎばし》のたもとに近い水茶屋で、こまっしゃくれた顔をした看板娘が、

「ああ。甲州屋の維一郎さん？　はい。よくお見えです。ほとんど毎日。殺された？　若旦那が？」

笑顔のまま気を失った。

あわてて介抱し、茶を何杯も飲ませて話ができるようにした。

「若旦那はどういう人だったんだい？」

と、文治がやさしい口調で訊いた。

「いい男ですよ」

「いい男だから殺されるってことはねえだろ？」

「でも、両国ではたぶんいちばん、女の子に人気がありました」

「へえ」

と、感心し、

「旦那。男のヤキモチって線もありますね」

文治は矢崎に言った。

「すごくお洒落な人でしたから」

と、夢見るような口調で看板娘は言った。

「お洒落？」

「だから、もてたんです。いい男はほかにもいるけど、あんなに格好よく着物を着こなし、小道具などもお洒落なものをそろえられる人はちょっといませんでした」

「そんなもの、金があればできるだろうが」

と、矢崎が異論を唱えた。

「違いますよ。金なんかいくらあっても野暮な人は野暮です。あれには才覚が必要なんですよ。女の子ってのは皆、お洒落に興味があります。だから、それが上手な若旦那は、憧れの的だったんですよ」

看板娘はむきになって言った。

「でも、若旦那の家の者は、誰もそんなことを言ってなかったぜ」

「それは、若旦那が通のお洒落だったからですよ。大人にはそのあたりがわからないんです」

看板娘は断言した。

「若旦那のお洒落の真似をする人は多かったですよ。いいですか、あの人も、あっちを歩いている人も」

と、何人かを指差した。

「あれが甲州屋の若旦那の真似なのかい？」

「はい」

「ふうむ……」

矢崎と文治は、首をかしげるしかない。結局、よくわからないまま、甲州屋にもどった。そこで、若旦那のタンスの中身を見せてもらおうということになったのである。

まだ、夕方で充分日の光りもあるが、すでに通夜の読経《どきよう》が流れている。

「あれの部屋ですか。かまいませんとも」

と、父親もともなって、若旦那の部屋に入った。

押入れを開けて、父親ですら驚いた。

凄い数の着物や羽織、帯があった。

「金は大目に渡してました。てっきり吉原通いしてるのかと思ったら、こんなくだらねえことに使っていたんですか……」

六

「どこへ行く気だ？」

竜之助が奉行所から外へ出かけようとすると、もどってきた矢崎三五郎に呼び止められた。後ろには文治もいる。

「昼間おっしゃったじゃないですか。いまから、ちっと永代橋のあたりを見回ってきます。たしかに、物騒みたいですね。殺気立ったような侍がうろうろしていると、橋番や番屋からも報告がきてました」

「それはうっちゃっといていいや」

と、矢崎が言った。

「え？」

「ちっとおかしなことになってきやがった」

後ろで文治がにやりと笑った。

「じつは、殺された若旦那ってえのは、たいした洒落者だったんだよ」

「そうなのですか」

「その若旦那がここんとこ急に元気をなくしたんだそうだ……」

さきほど、貴重な証言を得たのである。

若旦那の訃報を聞いて、いとこの左太郎《さたろう》が弔問《ちようもん》に駆けつけてきた。この左太郎は腕のいい大工だそうで、若旦那とはまったく正反対の、身なりなどにはまるでおかまいなし。むしろ、だからこそ若旦那も気を許し、いろんなことを話していたという。

「ははあ、理由は女か？　振られでもしたか？」

そう訊いた矢崎に、

「たぶん違います」

と、左太郎は首を横に振った。

「維一郎さんは大勢の娘たちにきゃあきゃあ言われたかったんです。とくに一人の娘とべったり付き合う気はないんですよ。以前、芸者の恋人ができたことがあったんですが、町の娘たちの人気がいっきに落ちかけたんです。それでさっさと別れてしまったくらいです」

「へえ」

「たぶん、強力な敵が出現したんですよ」

「なんだ、そりゃあ?」

「維一郎さんよりもお洒落で、なんか新しいものに、先に目をつけたヤツがいたみたいなんです。すっかり落ち込んで、もう娘たちにきゃあきゃあ言われることもなくなっちまうかもなんて言ってました」

「そいつか」

と、矢崎は手を叩いた。

憎さのあまり、短刀で刺してやろうと思った。ところが、返り討ちにあって、頭を殴られ、自分が死んでしまった。

ということは、この若者を打ちのめすほどのお洒落の名人が下手人なのだろう
……。

これが矢崎の推測だった。

「お洒落が手がかりだとはわかったんだが、おいらはそんなくだらねえものはよ

く、わからねえ。話の訊きようもねえ。そういう女々しいもののことは、福川にまかせたほうがいいと思い直したのさ」

ひどい言いようである。

「それはわたしも洒落っけがまったくないとは言いませんが、別に世の中の最先端を走ろうという気はないですよ。あくまでも、同心としての格好よさを追求しているんです」

「嘘をつけ。柄だの色だのもけっこう気にしてるじゃねえか」

「そうですかねえ」

矢崎からすると、竜之助はすごくお洒落に強いと思えるらしい。

「そこらの若い娘たちも、福川さまってお洒落よねえってうっとりした口調で言ってるのを何度も聞いたぞ。ま、そんなこと言ってるのは、たいがいおへちゃだったけどな」

と、矢崎は恨みでもあるかのような口調で言った。

「はあ」

「とにかく、あの若旦那の着物や小道具をざっと見てくれ」

と言われ、いっしょに佐久間河岸の甲州屋へ行くことになった。

七

数百枚はあるだろうと思える着物や羽織や浴衣《ゆかた》、帯、数え切れないくらいの煙草入れや根付などの小物、さらには下駄、雪駄《せった》などの履物にざっと目を通した。選びやすいようにしたのだろう、きちんと色別にわけてある。

「どうだ、福川？」

「凄いですね」

「凄いですねじゃ子どもの感想だ。どうだ、このお洒落は？」

「わたしだって、それほど詳しいわけではありませんよ。ただ、派手じゃないですよ」

「これでか」

「ええ。いまはもっと派手なのがいっぱいあります」

浴衣の柄もしぶい。派手な色は控えめに使っている。

亡くなっていたときの格好を思い出した。無地と思ってしまうくらいの細かい縞《しま》が入った深緑の着物。それに黒の羽織と茶の帯を合わせていた。下げた煙草入れだけが派手な赤だった。

組み合わせが独特で、着方も凝《こ》っていたのではないか。

たぶん、店にも足しげく通っていたはずである。

「呉服屋や小間物屋など若旦那の行きつけの店を調べて、そこらで若旦那の敵を探せばいいんじゃないでしょうか？」

と、竜之助は矢崎に言った。

「ふむ」

矢崎は気乗りしないようである。

なんとなく矢崎が言い出しにくいような顔をしているとき、

「あのう」

と、甲州屋のあるじがやって来た。

「どうしたい？」

矢崎が訊いた。

「じつは、さっきは事件とは関係がねえだろうと、お伝えしなかったのですが」

「なんでえ？」

「あの倅《せがれ》は子どものときにちっと変わった育ち方をしたんです」

「変わった育ち方？」

「ええ。じつは二歳から四歳（数え歳）までの二年間ほど神隠しにあっていたんです」

「神隠し……」

これには竜之助も驚いた。

江戸ではときおり起きることだが、殺しの被害者に神隠しの過去があったという例はそう多くないのではないか。若旦那はよほど不運の星の下に生まれたのだろうか……。

「よく、無事でもどったな」

「ええ。じつは、深川《ふかがわ》の岡場所でひそかに育てられていたんです。たぶん、そこにはうちに出入りしてた人足あたりが連れて行ったんでしょう。ところが、あれは赤ん坊のときから可愛い顔をしていたもので、女郎たちが手放したくなくなったらしく、飯炊きの婆さんの孫だと偽って、ずっと育てていたんです」

「ほう」

「そのうち、やっぱり噂になりましてね。もしかしたらと行ってみますと、着ていた着物が取ってあり、まさにうちの子の着物でした。しかも、あれの母親に顔立ちが似てきていたので、間違いないと」

「女郎たちは罪にはならなかったのかい？」

と、文治が訊いた。

「女郎たちも、てっきり捨子なんだと思っていたみたいです。あっしも話を聞いたら、むしろ育ててもらってありがたいような気持ちになったくらいで。それくらい、可愛がってもらっていたようです。ただ、あの子は無事にもどりましたが、あれの母親は心労から寝ついてしまい、もどる前に亡くなってしまいました」

「そうだったかい」

「あっしがあれにもうちょっと強い態度で叱ったりできなかったのも、そういうことがあったからでして」

と、甲州屋はしんみりした口調で言った。

「なるほどな」

矢崎はめずらしく神妙な顔でうなずいた。

通夜の場にもどって行った甲州屋の背中を見つめて、

「なんか、珍事件の様相を帯びてきたな」

と、矢崎は言った。

「そうでしょうか？」

珍事件という言葉に嫌な予感がした。

「やっぱりお前じゃなきゃできねえな。まかせた」

と、矢崎は笑顔で竜之助の肩を叩いた。

「え？」

「この調べだよ。担当はおめえだ。いやあ、さっぱりした。風呂上がりの気分だぜ。じゃあな」

面倒を押しつけると、先に帰るつもりらしい。

「まいったな」

竜之助は唖然《あぜん》としてしまう。

もう少し先輩としての意地を見せても悪くはないように思う。

「ま、こうなるだろうと、あっしは思ってました。旦那だったら三日もあれば解いてしまいますって」

文治は嬉しそうに言った。

八

翌日——。

竜之助と文治は甲州屋の若旦那の行きつけの店を探して、両国界隈《かいわい》を歩きまわった。

だが、いくら訊いても、行きつけの店というのは見つからない。やはり、そういうのはなかったらしい。

自分の足でまめに歩きまわり、行き当たりばったりに自分の好きなものを買っていたのだろう。

店のほうも、しつこく勧めると若旦那は逆に嫌がるのがわかってきて、黙って出入りを見守った。

「あの若旦那はきっと、娘たちに騒がれながら、この両国界隈を歩くのが好きだったんだね」

と、広小路に面した小間物屋〈もみじ屋〉の女主人は言った。ここでも月に二つか三つは買ってくれたが、小間物はここと決めていたわけではないらしい。

「やっぱり、両国じゃいちばんの洒落者だったかい？」

「そうですね。なんか、こう、役者みたいな気をまき散らしていましたもの。どうだい、おいらは容子がいいだろって」

生きているときの顔を見ることはできなかったが、細面《ほそおもて》でやさしげな顔をした若旦那が、通りを横切るようすが見える気がした。

歩く看板のようだが、町方の同心ならともかく、大店《おおだな》の若旦那がするぶんには悪くない。江戸の町を華やかにしてくれる。

「誰か、両国界隈で、若旦那の座をおびやかしそうなヤツはいなかったのかい？」

「いませんよ。素人で若旦那より容子のいい人なんて……同心さまならけっこういい勝負したかもしれませんね」

「馬鹿言うなよ」

「玄人《くろうと》ならともかくね」

「玄人？」

「歌舞伎役者ですよ。あの人たちはやっぱり目立ちますからね」

と、女主人は若い娘のように顔を輝かして言った。

一日中、両国界隈を歩いて、暮れ六つ（午後六時）間近になったあたりで調べを切り上げることにした。期待したほどの収穫はなかった。文治は神田旅籠町の家にもどるので、竜之助は一人、神田の大通りを南に歩く。

今川橋《いまがわばし》を渡ろうというとき、女がすれ違いざま、別の女の袂に手を入れるのを見た。夕暮れどきのたいした早わざだが、竜之助は見逃さない。

追いかけて、後ろから、

「待ちなよ」

と手を取ったら、

「あんたか……」

「おや、旦那」

なんとお寅《とら》ではないか。

神田三河町《みかわちょう》に住むスリの女親分である。

お寅をしょっぴくのは気が進まない。路頭に迷う子どもが五人もいる。事情のある子どもを預かって育てているのだ。

「いま、スリを働いたよな。すぐ、返してきなよ。見ちまったんで、悪いが見過ごすわけにはいかねえよ」

「旦那。あいにくでしたね。あたしは掏《す》ったんじゃなくて、置いてきたんですよ」

「置いてきた？」

「ええ。この散らしをくばってたんですが、なかなか受け取ってもらえないんです。それで、これぞって女の人には配るんじゃなく、袂に入れちまってるんです」

　見ると、たしかに散らしを折ったものである。広げると、

「もう一度、子育ての楽しさを味わいましょう」

　と、書いてある。

「これって、まさか？」

　驚いてお寅を見た。子どもを預かるのが嫌になったのか？　もう、手放してしまいたくなったのか？

「細かいほうの文字も読んでくださいよ。子どもをうっちゃるわけじゃないんです。とにかく、あの子たちの面倒を一人で見るのは大変なんです」

「だろうな」

「でも、人づてに聞いたんですが、若いときに子育てを上手にできなかったけど、いまならもっと上手にできるのにって思ってる女の人も多いんですって」

「へえ」

「だったら、そういう人に手伝ってもらおうかなと。いっしょに子どもの世話を見てくれませんかと」

「そりゃあいい」

それでこそ失敗も貴重な経験に変わるというものではないか。

「それで、子育てを終えたあたりの、ちょっと暮らしにゆとりがありそうな女の人を狙って、これを入れているんですよ」

「そうだったのか」

「ほら、旦那、あの人……」

お寅は日本橋のほうから歩いてくる五十前後の女を顎《あご》で示すようにした。

さりげなく、近づいていく。

すれ違いざま、髪を直すような手つきをしながら、散らしをすうっと女の袂に差し入れた。さすがに伝説の女親分。指先の動きは蝶々《ちょうちょ》が眠りにつくようなひそやかさである。

「あざやかなもんだね」

「恐れ入ります」

「じゃあ、おいらも悪いからちっとだけ子どもたちと遊んでいこうかな」

いまいる五人のうちの三人は、竜之助が無理におっつけたようなものである。二人だったらお寅もいまほどは苦労もないだろう。責任を感じるところである。

「それは喜びますよ」

さっそくこの散らし配りは切り上げて、お寅と竜之助は三河町の巾着《きんちゃく》長屋に向かった。

九

竜之助はへとへとに疲れて八丁堀の役宅に帰ってきた。とにかく子どもは疲れを知らない。かくれんぼも鬼ごっこも、もっともっとが繰り返される。永遠に終わらないような気がしてくる。

一人はかくれんぼの途中で、近所の隠居家の庭にある金魚池に隠れた。水にすっぽりもぐり、ときどき息をするので顔を上げる。そうやってずっと隠れていた。忍びの者でもいまどきは、こんなきつい隠れかたはしない。

そんな連中と遊ぶのだから、当然、着物は泥だらけになった。

「あ、若さま。困りますよ」

竜之助の姿を見て、やよいは泣きそうになった。

「今朝、着替えた着物じゃないですか」

「洗えばいいだろ」

「今朝脱いだやつは、糸を取って洗い張りしてあるんですよ」

「そいつは弱ったな」

とは言ったが、いざとなれば地味な浴衣でも着ていけばいいくらいの気持ちである。竜之助はお洒落だが、それが何よりも優先するわけではない。

「とりあえず、すぐに洗って干しますけど」

竜之助は冬物のどてらを羽織って、お膳の前に座った。

小鍋に豆腐とネギと大根の葉がしょうゆで煮込んである。それに生卵をといたものをかけてくれた。

これを冷たい飯にかけて食うと、うまいこと。どんぶり三杯、たちまち平らげてしまった。

と、そこへ――。

「福川、いるかな？」

高田九右衛門ではないか。

「高田さま。こんな遅くに?」

「うむ。ほれ、この前、紹介した島原屋だ」

夜目にもまぶしいほど歯が白く光っている。

「福川さま。このあいだお話しした着物をみつくろってきました」

「ああ、着物は間に合ってるよ」

冷たく断わろうとすると、やよいが柱の陰から顔を出して、恨みがましい目で竜之助を見た。

そんなやよいの表情を知ってか知らずか、

「ほんとに間に合ってます?そこの庭先に着物が二枚干してありましたが。一枚は洗い張りしてしまったようだし、もう一枚もまだ濡れたまま、干したばかりみたいです」

と、島原屋は言った。

「ううむ。正直、いま、もう一枚の着物があれば助かる。では、こうしよう。もらうのはまずい。一晩だけ借りる」

「一晩はいけません。せめて半月。それでお返しいただければけっこうです」

「わかった。そうさせてもらう」

竜之助は渋い顔でうなずいた。

向こうでやよいがにっこり笑った。

ついでに、甲州屋の若旦那の話を聞いてみた。

「ああ、もちろん存じ上げてましたとも。亡くなったそうですね？」

と、島原屋のあるじは如才ない口調で言った。

「うむ」

「いい男でしたからね。両国あたりの娘たちにはきゃあきゃあいつも追いかけられて、あれだけもてたらさぞ気持ちよかったでしょう」

「お洒落だったんだろう？」

「そうですね。いかにも若者好みのこじゃれた感じがありましたね。ただ、あの若旦那はそんなにいいものを着るわけじゃないんです。まあ、こう言ってはなんですが、手前どもの着物などとはちょっと比べものにならないはずです。しょせん、若い者のお洒落です」

と、胸を張った。

「そんなに違うかい？」

「わたしどもは流行《はやり》なんてものは相手にしておりません。いつの時代も変わらぬいいものを求めております。だから、あの手の連中が脅威を感じるのは、やっぱり歌舞伎の役者でしょう」

「歌舞伎役者……」

「なんせ、ずっと江戸の流行を引っ張ってきた連中です。しかも、このところ、若手の人気役者が出てきて、いろいろ新しいことをはじめてます。あの人たちが本気を出したら、そこらの若旦那衆なんて吹っ飛んじまいますからね」

「若手の人気役者というと？」

一人の名前を思い浮かべながら、竜之助は訊いた。

「そりゃあ、いまをときめく市村宙之助でしょうね」

案の定、島原屋もその名を言った。

十

「芝居は取り止めになった？」

竜之助はちょっと意外に思った。

「ええ。戯作者が、どこかの筋から、町方の同心の芝居はお上を侮辱することになるぞとか脅されたらしいんです。すっかり震え上がっちゃいましてね。まったく、あの連中ってのはからきし根性がありませんから」

　と、市村宙之助は言った。

　ここは市村座の楽屋である。

　舞台では芝居が進行中で、一幕目の出番を終えた宙之助は、二幕目に備えて化粧直しをしているところだった。

「そうだったのかい……」

　わざわざ竜之助の話を訊きに来たくらいだから、その芝居はもう完成が近いのだろうと思っていた。だが、せいぜい準備段階というくらいの話だったらしい。竜之助が芝居の主人公に見立てられるわけでもないし、格別、楽しみにしていたわけではないが、それでも拍子抜けするような思いがした。

「かわりに唐土《もろこし》のお猿さんの話でお茶を濁すみたいで」

「ああ、西遊記だな」

　人気の狂言である。もともとそれで決まっていたのではないか。

「それで、同心さま、今日は？」

　と、鏡に向かって化粧しながら宙之助は訊いた。楽屋に無理を言って入れてもらったので、ちゃんと相手をしてもらえないことは覚悟していた。

「うむ。じつは、この前、甲州屋の維一郎という若旦那が殺されたんだよ」

「ああ、聞いてますよ」

「宙之助さんもその若旦那のことは知ってたんだね？」

「ええ。なにせ、巷《ちまた》の娘っこに絶大な人気があったんでしょ。われわれ人気商売の者は、そういうことはつねに気にしてますから」

「宙之助さんから見て、若旦那のお洒落はどうだったい？」

「うまいもんでしたよ……」

さすがに市村宙之助は、流行にも敏感だった。江戸の流行についても、よく知っていて、宙之助によれば、どうやら江戸には三派のお洒落ができつつあるらしかった。

「いわば日本橋派は、大店の上品な旦那衆が基本。とにかく金にものを言わせて、値は張ってもいいものをという一派です。これに対抗するのが、わたしら歌舞伎役者が引っ張ってると言われる浅草《あさくさ》派とか言われる一派です。ここは派手です。度肝《どぎも》を抜くような色や柄も平気で着る。ところが、最近の若い人に人気があったのが両国派なんて言われる若い人たちのお洒落でした。横浜から来る異国のものもいちはやく取り入れていましたしね。その筆頭洒落者が、あの若旦那だったのですよ」

「面識はあったんですかい？」

「あっしと若旦那ですか？」

「ええ」

「え、ありました。一、二度、挨拶みたいなことはなかったと思いますよ」

「その三派で、争いのようなことは？」

「ヤクザの抗争じゃあるまいし、そんなことはなかったことを」

日本橋派と浅草派は、両国派を相手にしてはいなかったかもしれない。だが、両国派というか、あの若旦那は市村宙之助の存在を強く意識していたのではないか？　自分の人気をおびやかす強烈な敵として……。

──まさかな……。

宙之助を殺そうとやって来た若旦那だったが、役者というのはけっこう身体を鍛えている。お洒落一筋の若旦那ではとても勝てるわけはない。

逆に、宙之助がたまたま持っていた丸太でぽかっ。

丸太はそのままわきの海に投げ捨てちまえばいい。

さりげなく宙之助の上半身を見た。肩や腕の筋肉が盛り上がっている。

——ちょっと待てよ……。

このあいだ、宙之助はお佐紀の紹介で竜之助と会った。あの出会いと、いまこうして楽屋に話を訊きにきていることは、偶然の結びつきだったのだろうか。あのとき、宙之助と話している途中で、若旦那が殺されたという知らせが飛込んできた。あれは、じつは殺しの調べのことを探りに来たのではないだろうか……？

楽屋の押入れでかさこそと音がした。

「なんかいますので？」

と、竜之助が訊いた。

「いや、別に……」

宙之助はしらばくれている。

だが、音はしている。間違いなく何かいる。

居心地の悪い沈黙が楽屋を支配している。

「兄さん、準備はいいですかい？」

「おう。大丈夫だぜ」

二幕目が始まるらしい。

竜之助は立ち上がった。これ以上粘っても、何も訊きだせそうもない。隣りの音が気になるが、無理にのぞけば町方の傲慢《ごうまん》ぶりをそしられるだろう。

鏡に向かっていた宙之助が、

「もしかして、あっしのことをお疑い？」

振り向くさまもまた絵になる男だった。

十一

この四、五日、すっかり袋小路に入りこんでしまった気分だった。文治には二、三日で解決できるなどと言われたが、それほどかんたんな事件などあるわけがない。

そんなとき――。

竜之助は矢崎三五郎とともに、岡場所の見回りをすることになった。

近ごろ、浪人や志士もどきが岡場所を根城がわりにしているという。なにかよからぬことをくわだてるかもしれないため、町方は警戒を強化するよう、上からもお達しがきていた。

「深川ですか？」

門を出るとき、竜之助は矢崎に訊いた。

「深川に行きてえのか？」

「いえ」

「遊びじゃねえぞ」

「もちろんです」

若旦那が育てられたところを見てみたいと思ったのである。もっともその遊郭は、すでにないとのことだった。もしあっても、それから十五年である。女郎たちもみな、年季が明けていなくなっているだろう。

「谷中《やなか》だ」

「ああ、はい」

南町奉行所から谷中まではけっこうな距離がある。

だが、そこは足が自慢の矢崎三五郎である。どうだ、ついてこれるかとばかりに足を速めた。竜之助はぴたりとついていく。追い抜いたりはしない。抜こうものなら、三日は口を利いてもらえない。

谷中は上野《うえの》の山の北側に位置するところである。

寺町だが、遊興の地でもある。

大きな遊郭もあって、いわゆるいろは茶屋という名で知られた。矢崎の目的も、ここの探索だったらしい。

本来、吉原以外の遊郭は許されない。だから、黙認というかたちで営業がつづいていた。

「分かれて見て回るか。一刻（二時間）後にここで会おうぜ」

と、矢崎が言った。

「わかりました」

矢崎が南側に回ったので、竜之助は北側に回った。

路地のようなところを、中をのぞくようにして歩いていく。女郎たちはちょうど起き出したころで、だるそうに飯を食べたり、身支度をはじめたりしている。化粧っけはなく、顔色は悪い。浪人たちの動向も心配ではあるが、女郎たちの扱いも心配してやるべきではないか。

「かわいい」

と、声がした。思わずそっちを見た。

四人ほどの女郎がだらしない格好で座っていて、その真ん中に黒と白の仔猫《こねこ》がいた。

「ああ、もう、たまんないわね」

「いつも袂に入れておきたい」

と、みな、頬をすりよせるようにしてかわいがっている。

人知れずつらい思いをしているはずの女たちが、ああやって小さな生きものをかわいがる。食いものもろくにない浮浪者が、ハトに餌《えさ》をわける光景を見たりもする。それは、なんて悲しくて美しい光景なんだろうと思うことがある。

——もしかしたら、あの若旦那も……。

女郎たちにあんなふうにかわいがられて育ったのだろう。「かわいい、かわいい」と。猫の子みたいに。

そういえば、若旦那の維一郎は、身の回りに女がいっぱいいないと落ち着かないという男だった。それは、異常なくらいだったらしい。

その理由は、女郎屋のなかであんなふうに仔猫のようにかわいがられて育ったせいかもしれない。

だが、いくらかわいがられようと、本当の母ではない。そこで、一生懸命かわいがってもらい、生きていこうとするのが、人の本能ではないか。

——なんだか、おいらのことみたいだ。

とも思った。

そして、それは若旦那の心の奥に染み付いてしまう。

だから、ちやほやされたい気持ちは、並の男とは比べられない。それが失われるかもしれないというときの恐怖心も。

その若旦那の地位をおびやかした男……。

必死でそれを排除しようとしたに違いない。

またも、市村宙之助の顔が浮かんでしまう。

十二

竜之助はまた、品川にやって来た。若旦那の維一郎が亡くなった場所。どうしてもここに来ないと、事件の核心は見えてこない。

両国を歩き回るのがつねだった甲州屋の若旦那が、なぜ、品川に来る必要があったのか？

江戸の真ん中で売っていないのに、品川で売っているものがあるのかもしれない。

とすれば、それは横浜から流れてきたもの？

腕組みしながら歩いた。

遺体が見つかったところから半町ほど進んだところに、鳥カゴをいっぱいぶら下げた店があった。

見たこともないような赤や黄色の鳥、しゃべるオウムもいる。

店番は若い娘だった。首に薄桃色の布切れを巻いていて、それは何となく異国を感じさせる。

「ここは鳥だけかい？」

と、竜之助は訊いた。

「ほとんどはそうです。でも、たまにめずらしい生きものが入ると、売ったりもします」

「たとえば？」

「毛色の変わった狆《ちん》ですとか、あ、この前は耳の黄色いウサギを」

「耳の黄色いウサギ？」

たしか矢崎もそんな話をしていたような気がする。

「異国のウサギです。最近、来たんです。たぶん、繁殖させたりすると、大人気になるかもしれません。カゴに入れていたら、通りかかる女の人たちがかわいい、かわいいと寄って来て、大変でした」

このあいだ見た光景が目に浮かんだ。女郎たちが仔猫を真ん中にして、「かわいい、かわいい、かわいいってな」

「かわいい」と声をあげていた。

「その耳の黄色いウサギを買いたいと、容子のいい若旦那ふうの若い男は来なかったかい？」

「ああ、来ましたよ。噂を聞いて、駆けつけてきた。わたしは甲州屋という店の跡継ぎで、いくらでも出すから譲ってくれと」

「譲ったのかい？」

「いいえ。だって、先に予約がありましたから」

と、娘はまるで竜之助が売って欲しいと言ったみたいに、毅然《きぜん》とした口調で言った。

竜之助の頭の中の、閉ざされていた扉がぱんと開いた気がした。

「もしかして、その予約先というのは、有名な人かい？」

と、竜之助は訊いた。

「ああ、はい」

「それを若旦那にも伝えたんだね？」

「何かいけなかったでしょうか？」

娘は不安そうに訊いた。

「いや、いけなくなんかないさ。ただ、確かめさせてもらうよ。その人は、歌舞伎役者の市村宙之助だね」

「はい」

楽屋の押入れから聞こえたかさこそという音が思い出された。

「でも、宙之助さんのところにあのウサギが行くかどうか、微妙だったんですよ」

「なんで？」

「宙之助さんにお渡しする前の晩に、あのウサギが檻《おり》から逃げていなくなってたんです」

「ほう」

「ずいぶん探したら、そっちの海辺のところにうずくまっていて。明るかったら、誰かに持っていかれるところでした」

「その檻ってのは自然に開くのかい？」

「いいえ。そんなわけは」

竜之助は察しがついていた。

開けたのは若旦那の維一郎だったに違いない。

ウサギを抱いていると、若い娘たちは「かわいい」と寄ってくる。いわば小道具みたいなものである。

ところが、そのかわいいウサギを歌舞伎役者の市村宙之助が入手するという。宙之助がやれば、あっという間に大流行となる。維一郎からはそれを流行らせた男という称号も消えてしまう。

しまいには、やっぱりお洒落は歌舞伎だとなって、いっきに洒落者第一番の地位もおびやかされることになる。

といって、さすがに人殺しをやるほどには愚かでもないし、度胸もない。

「殺してやる」

と言った相手は、人ではなく、耳の黄色いウサギだったのだ。

ここにやって来ると、若旦那は隙を見て、檻からウサギを出した。短刀で一突きするつもりだった。

ところが、ウサギは逃げて、通りに飛び出して行った……。

ぼんやりそこまで考えたら、表の通りで騒ぎが起きているのに気づいた。

と、誰かが怒鳴っている。

「危ねえぞ」

竜之助は外に出た。

横浜のほうから馬車がやって来るところだった。

二頭立ての小さな馬車だが暴走しているらしい。

「轢《ひ》かれるぞ」

「どけ、どけ」

だが、向こうでは子どもも遊んでいる。

竜之助は道の真ん中から左寄りに立った。

「お侍。危ねえ。逃げなせえ」

「いや、大丈夫だ」

竜之助は刀に手をかけ、腰を少し落とした。

馬車が通り過ぎようというとき、竜之助の剣が閃《ひらめ》いた。

馬と馬車をつないでいた綱を断ち切り、さらに後ろの車輪を斜めに斬った。

馬はすこし行って立ち止まり、馬車本体は勢いをなくしつつ、大きく傾き、ゆっくりと倒れた。

このあいだ、山科卜全《やましなぼくぜん》という老剣客がやったわざである。あれをまさにそのまま真似た。馬と馬車を離し、馬車は横倒しにする。あのとき見ていなかったら、こんなこともできなかったはずである。

「どうした？」

周りの者が駆け寄った。

御者《ぎょしゃ》が馬の背に突っ伏している。乗っている途中、発作を起こしたらしい。

「医者を呼べ」

ひっくり返った馬車からは、大きな異人がぼんやりした顔で現われた。

「ここんとこ、馬車の往来は多いのかい？」

と、竜之助は外に出ていた鳥屋の看板娘に訊いた。

「多いです。このところひっきりなしです」

「なるほどなあ」

竜之助は悲惨な場面を思い浮かべた。

ウサギを追って飛び出してきた若旦那。そこに馬車が通りかかった。頭をごつん。御者も気がつかない。

若旦那の頭の傷を思い出した。よほど太い丸太で、真正面から叩かないと、あ
あまでは陥没しない。だが、馬車と衝突すれば……。
——これで間違いない。
竜之助は確信した。

十三

「若旦那も喜んでると思いますぜ」
と、竜之助は言った。
「そう言ってもらえると、肩のあたりが軽くなります」
市村宙之助は、浅草寺《せんそうじ》に近い小さな寺に来て、甲州屋の代々の墓に水をかけな
がらそう言った。
「なんか、気になってしまって」
事実が明らかになったあと、宙之助は竜之助に頼んで、墓参りにつれてきても
らったのだった。
あの夜、宙之助は品川まで耳の黄色いウサギを受け取りに行った。そのとき、
娘に甲州屋の若旦那のことを聞いた。しつこいくらいに、このウサギを欲しがっ

ていたという。

お洒落で有名な両国の若旦那である。

さぞや、悔しがっていることだろう。そう思って引き返すと、しばらく行ったところに人が倒れていた。

顔を見ると、なんといま話していたばかりの甲州屋の若旦那ではないか。

殺されたみたいだが、理由はこのウサギがらみのことではないのか。ひどく嫌な予感がした。

――下手人扱いされるのではないか……。

宙之助の不安は高まった。

たとえ、裁きの場で無実を証明できたとしても、一度、お縄になったという評判は役者にとって大きな痛手となる。

「じゃあ、やっぱり、あの日、お佐紀に紹介を頼んだのは、おいらに探りを入れるためだったんですね」

「はい。申し訳ありませんでした。でも、ちょうど知らせが来たところだったので、探りは諦めました」

「なるほどな」

「でも、後日、福川さまが楽屋にやって来たときは正直、驚きました。疑われていたのかって」

「そう慌てたふうはなかったがね」

「役者ですのでね」

と言って、宙之助は手を合わせた。

竜之助も持ってきた線香を手向ける。

「子どものときには神隠し、わずか十八で馬車に激突。なんだか、ついてねえ一生だったと思ってんのかねえ」

と、竜之助は言った。

「どうでしょうか。でも、女が思わず振り向くような器量に生まれ、じっさいに人が一生でもてる数の何百倍もの女たちにきゃあきゃあ言われた。あっしなんざ、舞台あってこそだが、若旦那は何もないところでもてた。長くはなかったけど、羨《うらや》ましいくらいの人生だったんじゃねえですか」

当代一の人気役者の言葉である。もって瞑《めい》すべしではないか。

甲州屋の墓石がことりとうなずくような音を立てた気がした。

それから数日後――。

竜之助は、呉服屋の島原屋の申し出を取り下げられた。向こう十年、年五着の着物を提供するという約束はなかったことにしてくれというのである。

そんなことはもともと当てにしていなかった。借りた着物も相場の借り賃をつけて返すつもりである。

だが、すっかり恐縮し、汗を拭きながら、島原屋は言った。

「なんというか、福川さまの場合、外見もいい男なのですが、その格好のよさは、独特の中身からきている。それはたぶん、すぐにわかるんですな」

「……」

何のことかよくわからない。

「すると、福川さまを見てしまったら、あれは島原屋の着物がいいんじゃなく、中身なんだと思われる。人間、外見じゃねえ、中身が大事なんだと思ったら、誰がお洒落なんかに気を使いますか？」

と、今度は怒りながら言った。

――はばあ。

竜之助は何となくわかってきた。

どうやら、竜之助が借りた着物と同じものが、期待したほどの売上げを達成できなかったらしい。

「中身ねえ」

なぐさめのつもりだろう。

要は、歩く看板として失格だったということである。

「ですので、このあいだ、お願いしたことは、申し訳ありませんが、なかったことに」

「そりゃあ、かまわないさ」

ただ、売れなかったのが、すべて竜之助のせいみたいに思われているようで、いささか憮然《ぶぜん》としていたのだった。

十四

辻斬りが出た。

――しまった。

走りながら、竜之助は悔しくて何度も歯軋《はぎし》りをした。

永代橋の近くだった。あれほど怪しいのがうろうろしていると、番屋のほうからも報告が上がっていたのに。昨夜だって、夜回りに出ようと思えば出られたはずなのに……。

永代橋のたもとを新堀が大川《おおかわ》に流れこんでいる。その新堀にかかった豊海橋《とよみばし》を渡ったところ。蔵が建ち並ぶが、そのあいだに倒れていた。

永代橋のたもとには御船手組の番所もあり、毎夜、役人も数人ずつ詰めている。それが誰も気づかなかったという。

野次馬のなかからは、奉行所側の怠慢《たいまん》をなじる声も聞こえた。

矢崎三五郎もいま来たばかりらしく、遺体の顔に提灯《ちょうちん》を当てて照らしていた。

浮かびあがった顔は、四十半ばほど。皺《しわ》が夜の川のように深い。人生の切なさを嚙みしめてきたような死に顔だった。

「身元はわかったのか？」

「はい。銀町《しろがねちょう》二丁目の裏長屋に住む酒問屋の手代の為吉《ためきち》さんです。川向こうの深川で飲み、永代橋を歩いて帰ってきたところだったようです」

「飲んだところもわかってんだな？」

「はい」

「そこで喧嘩は？」

と、矢崎は矢継ぎ早に訊いた。

「いえ。ほろ酔いで機嫌よく出て行ったそうです」

ほろ酔い機嫌……。

それがいちばん辻斬りに狙われやすい。無防備になっている。声もあげずに死んでいく。

もっとも卑劣な犯行だった。

「刀か？」

と、矢崎が番屋の番太郎に怪訝《けげん》そうに訊いた。ざっと見ても、傷がないのだ。

だが、上半身は血まみれである。

「さあ、あっしには……」

番太郎は口を濁した。

矢崎は遺体をひっくり返した。

「ん？　おかしなところをやられてるな」

「ええ」

と、竜之助はうなずいた。

脇の下を突かれていた。

傷を見ると槍ではなさそうである。刀で突いたらしい。
だが、どうすれば脇の下など突けるのか……。
竜之助は、首をかしげるばかりだった。

第二章　仙人にしか殺せない

一

朝早く、これから炊きたての飯を頬張ろうというとき、

「殺しです」

と、岡っ引きの文治が駆け込んできた。真面目で人情味もある男なのだが、

「殺しです」と言うときに喜びの色を感じるのは気のせいだろうか。

竜之助は内心、舌打ちした。今朝はまたとくに大好きなおかずばかり並んでいたのだ。厚揚げとサヤエンドウの煮付け。コンブの佃煮《つくだに》。玉子を落としたネギのみそ汁。朝からどんぶり三杯はいけそうだった。

だが、それどころではない。

「よし、どこだ?」

すぐに立ち上がった。

「浅草上平右衛門町《かみへいえもんちょう》です」

竜之助は刀を摑《つか》み、すばやく腰に差した。つづいて、くるくるっと回した十手をこれは腹のあたりに差した。

それと同時に、給仕をしようとしていたやよいが、おひつに手を突っ込み、まだ飯も熱いはずなのに、目にも留まらぬ速さで佃煮を入れた大きめのおにぎりをつくった。

「若さま。道々、これを」

「うむ」

外へ飛び出した。

腹が減っては戦さはできぬ。行儀が悪いと思いつつ、走りながらこれを食う。めまいで倒れるよりは、行儀が悪いほうが世の中のためになるだろう。

やよいはかなりしっかり握ってくれているので、走りながら食ってもぼろぼろこぼれてきたりはしない。

「やよいさん、すごい速さでおにぎりをつくりましたね」

ちょっと振り返って、文治が言った。

「そうだな」

「あのお女中はたいしたもんだ。やけに色っぽいけど」

「そんなことはどうでもいい」

と、竜之助は怒ったように言った。

じつはどうでもよくない。その色っぽいのが悩みの種である。

昨夜、ふと目を覚ましたら、離れの風呂場で湯あみする音が聞こえた。湯がざざっと落ちる音は、滝の音といっしょで清澄《せいちょう》なものであるはずだろう。ところが違うのである。ちゃんと柔肌を撫《な》でる音になっていたのだ。

なまじ耳がいいと微妙な音の違いまで聞き分けてしまう。

「いかん！」

竜之助は思わず自分の頰を二、三発殴り、痛みで気をまぎらせたものだった。

——ん？

突然、竜之助の足が止まった。箱崎《はこざき》を抜けて、蠣殻河岸《かきがらがし》にさしかかったあたりである。川と大名屋敷に囲まれ、人けの少ないところだった。

「どうしました？」

と、文治が訊《き》いた。

「いや、何でもねえんだ」

また、歩き出した。

誰かに見られていた。強い視線を感じた。

――またか。

と、うんざりした。

次から次に刺客が襲いかかってくる。新陰流だけかと思ったら、この前は新当《しんとう》流《りゅう》までやって来た。

だが、もう風鳴《ふうめい》の剣をつかうつもりはない。

十手で戦い、どうにもならなかったら逃げるつもりである。

「卑怯者」

「それでも徳川の血を引く者か」

非難する声が耳元で聞こえる。

だが、その声に耳を傾けるつもりはない。

東照宮《とうしょうぐう》さまもずいぶん逃げた。逃げるのは徳川家のお家芸である。人間、あらゆる敵といちいち戦ってはいられない。逃げることに後ろめたさなどない。

八丁堀から飛び出して行った同心を、岩瀬作次郎がじっと見ていた。

身のこなしから、あいつかと思った。

だが、すこしあとを追ううちに、やはり違うような気がしてきた。

——闘志が感じられぬ……。

それどころか、女の裸でも思っているようなふやけた感じさえした。朝っぱらから女のことを考えて歩いているようでは……。

闘志は、剣客の条件と言ってもいい。それがない剣士に、上達も勝利もない。わしの仲間からも卑怯と非難される剣法にしても、勝とうという強い闘志がもたらしたものなのだ。

岩瀬はほかの与力や同心を当たることにした。

二

浅草とはいっても、その南の端で、神田川を渡ってすぐである。むしろ神田といっていいあたりに、上平右衛門町はある。

ここの火の見櫓《やぐら》はずいぶん古いもので、見かけがまたぼろぼろで、この何年かは〈おばけ櫓〉などと言われていたほどだった。竜之助もこの前を何度も通っていて、そのつど、呆れて眺めたりしたものである。

風が吹いただけでも、ぎっぎっと鳴る。人が登ろうものならゆらゆらと揺れる。危なくて仕方がない。根太《ねだ》は腐っていないし、補強もしてあるのだが、どうも構造そのものにも欠点があるらしい。

去年からは、上がることを禁止にし、梯子《はしご》も取り外してあった。あと数日後には、解体の工事が始まる予定になっていた。

その上に死体らしきものがあるというのだ。

竜之助と文治が到着したときは、野次馬も集まって騒ぎになっていた。ただ、櫓が崩れてくるのを恐れ、周囲十間ほどには近づいてこないようだった。

「モズの生け贄《いにえ》みてえだ」

「なんでえ、それは？」

「モズって鳥はさ、餌を取ったあと、木の枝なんかにああしてぶら下げたり、突き刺したりしておくのさ。あとで食べるつもりらしいんだがそれを忘れてしまうのさ。だから、物忘れのひどいやつをモズみたいというだろ」

「へえ。そうなのか」

「おらの田舎じゃ、モズの生け贄がいつもより高いところにあると、今年の雪は深いとも言ってたなあ」

野次馬たちはのん気な話をしていた。

同心姿の竜之助を見ると、愛想のいい若い男が寄って来た。見たことはあるが、話したことはない。

「どうも、どうも、あっしは番太郎の桃蔵《ももぞう》と申します。おや、寿司の親分もごいっしょでしたか」

と、文治のことは知っていたらしい。

「あいかわらず、くだらねえ戯作《げさく》を書いてんのかい？」

「ええ。昨夜も徹夜で草稿を練ってたんでさあ。やけにぎいぎい言うなとは思ったんですが、まさかあんなものがあるとは」

と、上を指差した。

上の手すりのところで、二つ折りのように引っかかっているのは、たしかに人間である。

「いつごろのことだよ？」

「雨が降ったのはいつぐらいでしたかね？」

と、桃蔵は町役人に訊いた。

「雨なんざ降ってなかったがね」

「そうでしたっけ。ちょうど、雨の場面を書いてたからかなあ」

とぼけた話をしている。

と、そこに――。

「死体を下ろすんですかい？」

「この櫓に何人も登れるかなあ」

近くの長屋の若者が二人、やって来た。死体を下ろしてくれと、先に頼んでおいたらしい。

だが、竜之助は、

「ちょっと待ってくれ。下ろす前に一度、死体の状況を確認しておきたいんだよ」

「同心さまも上に？」

と、若者の一人が心配そうに訊いた。

「もちろんさ」

現場を自分の目でたしかめておくのは、調べの基本中の基本である。見習いの竜之助にもそれくらいはわかる。

「登れるかどうか、見てきますよ」

と、いったん半鐘《はんしょう》のところまで登っていって、

「登るのは一人がやっとですね。もう一人、重みが加わったら、崩れるかもしれませんぜ」

若者がそう言うと、野次馬たちの円がざざっと一回り広がった。

「じゃあ、一人で登るさ」

竜之助は木の強さを確かめつつ、慎重に登った。梯子は外してあるが、材木が交差するところに手足をかけていけば、どうにか上まで行くことができる。何のことはない、木登りの要領である。田安の家の庭ではずいぶんやったものである。

半ばも過ぎると、櫓全体がゆらゆら揺れる。ほんとに怖い。たとえ細くても生きた樹木のほうがずっと安定感がある。

なんとか登りきった。

簡単なつくりの火の見櫓である。半鐘のところに小さな屋根がついているくらいで、あとは吹きっさらしである。

日当たりがよく、温かい。気持ちのいい場所に、異様なものがあった。

「これは……」

死体は落ちないようにだろう、紐でくくりつけられている。下をのぞきこむようなかたちで折れ曲がっている。

血が流れ出て、ひからびた感じがする。だが、あたりに血の痕《あと》はない。争ったような痕もない。

ここで殺されたのではなく、死体を運んできたのかもしれない。

足元に赤い煙草入れが落ちていた。

かんたんに懐を探ると、財布もあった。なかには銅銭だけでなく二朱銀も何枚かあり、ずしりと重い。これを置いていくようでは、物盗りのしわざではなかったのか。それとも小判だけを抜き、惜しいと思いつつ、物盗りではないと思わせようとしたのか。

いや、そうではあるまい。

やはり、銀貨を残していくというのは、金目当てではないだろう。

凶器は見当たらないが、心ノ臓のところに深い傷があった。傷口が開いているので、血はずいぶん噴き出たことだろう。

それからざっと周囲を眺め、下に下りた。

「もう、いいよ。死体を下ろしてやってくれ」

三

ちょうどそこに、矢崎三五郎が来た。目が真っ赤で、近くに来ると、かなり酒の臭いがする。

「あれか、死体は？」

と、見上げながら竜之助に訊いた。

「はい」

「どんなようすだ？」

「ご覧にならないのですか？」

「おめえ、見たんだろ？」

「ええ、まあ」

だが、所詮は見習いの見た目である。大事な見落としがあってもおかしくはない。

「じゃあ、いいや」

「いいんですか……」

矢崎はせっかちなので、二度手間になるようなことは嫌なのかもしれない。

死体が下りてきた。一人だけが上に行き、綱で縛ってゆっくり下ろした。莚《むしろ》にくるんであるので、野次馬からは死体のようすはわからない。地面に横たえると、矢崎は顔だけを見せるようにして、

「誰か、知ったやつはいるか？」

と、野次馬たちに声をかけた。

何人かが近づいてきて、顔をのぞきこんだ。

みな、首を横に振る。取り囲んでいる連中からも返事はない。

番屋に入れ、もう一度、莚を取った。

裸にする。歳は二十五、六くらいか。引き締まったいい身体をしている。ただ、背中一面にガマに乗った天竺徳兵衛《てんじくとくべえ》が彫られてあった。

「ヤクザ者の喧嘩だな」

と、矢崎が顔をしかめて言った。

「ずいぶんしなびてるな。血は流れちまったか」

「ですが、上に血の痕はほとんどありませんでした」

と、竜之助はほかに傷がないかと確かめながら言った。

「じゃあ、死体を持ってきて、あそこに乗せたんだな」

「一人じゃできませんね」

「何人かで来たんだろうな」

「夜中にですか……」

竜之助は首をかしげた。

「昨夜、誰かはいたんだろ？」

と、番屋を見回して、矢崎が訊くと、

「はい」

番太郎の桃蔵がうなずいた。

「そんなに何人もで死体を持ち上げてたら、気配で気づくだろ？」

「ええ。あっしは明け方近くまで書き物をしてましたが、変な騒ぎもなかったです」

ふと、竜之助が死体に目を近づけた。長い髪の毛が数本、指に巻きついている。白い髪なので、いままで気がつかなかった。

「矢崎さん、これ……」

と、長い白髪を矢崎に渡した。

矢崎はそれをじっと見て、

「白髪の婆さんのしわざか？」

「それは……」

と、竜之助は苦笑した。ちょっと考えにくい。

「白狐《びやっこ》の化けものか？」

「………」

これにも苦笑する。化けものを調べの対象にすると、際限がなくなる。まあ、仙人ならやれるがな」

「ひゅうと空を飛んできて、死人をひょいと上に引っかけていく。まあ、仙人なら
と、矢崎が言った。白髪からの連想らしい。

竜之助はこれにも苦笑しようとしたが、

「仙人……」

と、町役人や番太郎の桃蔵たちが顔を見合わせた。

変な雰囲気である。

「どうしたんだ？」

「いえ、仙人なら、いるもので……」

と、桃蔵が言った。

と、矢崎が訊いた。

「え？」

「そこの長屋に」

「裏店《うらだな》に仙人がいるかい？　あれは唐土《もろこし》の高い山の上にいるんじゃねえのかい？」

と、矢崎は鼻で笑い、文治に、

「こいつ、大丈夫か？」

と、さすがに小声で訊いた。

「ちっと変わってはいますが、いかれてるってほどでは」

「だが、仙人がいるって言ってるぜ」

「ええ、一見、仙人みたいな男がいるのはたしかなんです」

と、文治もその男を知っていたらしい。

「おいおい、よくわからねえ話になってきたぞ……」

矢崎はうんざりしたような顔をした。

「そういえば、朝、あの死体に気がついたとき、霞《かすみ》のようなものに包まれていたんだ」

と、番太郎の桃蔵が言った。

「霞だって？」

竜之助が強い興味を示した。さっき見たときは、そんなことはまったくなかった。

「いや、今日は朝から天気がよくて、別に靄《もや》も霧もかかってなかったからおかしいなとは思ったんですが」

「長い白髪に、霞か……矢崎さん、その仙人とやらに会ってみましょうよ」

と、竜之助が言った。

「おい、福川。まさか、本気にしてるんじゃねえだろうな」

「でも、あんなところに死体が乗っていて、指には長い白髪が巻きつき、しかも霞に包まれていたりしたら、仙人がやったのかと思っても不思議じゃないですよね」

「くだらねえな」

「いや、本当に仙人がやったわけではなく、そう思わせたくてやったことかもしれないじゃないですか」

「ああ、なるほど」

「しかも、近所には仙人と言えば誰でも思い浮かべるような男がいるんですよ。だったら、その男と会ってみても、まったく的外れというわけでもないのでは？」

竜之助がそう言うと、矢崎は赤い目でじろりと竜之助を見て、

「これは、まさにお前の事件だな」

「は？」

「仙人の謎はお前にしか解けねえ。まかせたぜ」

矢崎はくるりと現場に背を向けた。

四

仙人の住まいは、番屋と火の見櫓のあいだの路地を入り、いちばん奥の長屋の端にあった。ただ、この路地は突き当たりを右に回ると、別の路地につづいているので、どんづまりという感じではない。

「ここです」

「うむ」

「あの人が仙人の……」

「なんと……」

　竜之助は声を失った。

　見事なくらいに何もない部屋だった。

　仙人はその部屋の真ん中で、渦を巻くようにくねった杖に軽く寄りかかりながら、立って寝ていた。かすかに寝息も聞こえている。

　長い白髪を後ろでゆったりと束ねている。その長さはさっき殺された男の手にからみついていたものと同じくらいである。

　ひきずるくらいに長い、白い着物を着て、胸の高さで帯を軽く結んでいる。

　なるほど、黄表紙などで見るまさに仙人の姿である。

「伯兵衛《はくべえ》さん」

　と、桃蔵が声をかけた。

「ん？」

　うっすら目が開いた。桃蔵は竜之助たちを見てうなずいた。起きたらしい。

「こちらは町方の人たちなんだが、伯兵衛さんに訊きたいことがあるんだそうだよ」

「何でも聞きなされ」

素直な仙人らしい。

「ほんとの仙人なんで?」

と、文治がからかうように訊いた。

「もちろんだ」

「わが国にはおらず、唐土にいるのかと思ってましたぜ」

「唐土にものべつ帰っておるよ」

と、伯兵衛はこともなげに言った。

「寝ていたから、そっちで騒いでいる声は聞こえなかったかい、伯兵衛さん?」

と、桃蔵が訊いた。

「いや、夢うつつに聞こえていたよ。何かありましたかな?」

「じつはね……」

桃蔵が説明しようとするのを、

「おめえの役目じゃねえぞ」

と、文治がさえぎって、ざっとあらましを語った。

「はあ、火の見櫓の上に……」

「まるで仙人しかできないみたいだろ」

「それで、あたしが怪しいと？」

伯兵衛は、お前が言い出したんだなと念を押すように桃蔵を見てから、竜之助たちに訊いた。

「いや、違いますって。つまり、その、伯兵衛さんの知り合いの仙人あたりかも知れねえし、とりあえず仙人のことは仙人に聞くべきだろうと思って……」

と、桃蔵はあわてて言った。

「あたしに、仙人の知り合いなどおりません。仙人で知ってるのは、あたしだけ」

「あ、怒らねえでください。伯兵衛さん」

桃蔵は、伯兵衛のことをかなり敬愛しているらしい。

文治は竜之助に、あっしが聞き役になりますよという意味で軽くうなずき、

「仙人というのは、飯を食わねえって聞きましたぜ」

と、訊いた。

「食わぬよ」

「何も食わないので？」

「食わなくてもよいのだが、細いうどんだけは食う。あれは霞が固まったような

ものだからな」

「うどんねえ」

文治が苦笑すると、

「ほんとなんですよ。しかも、伯兵衛さんはそれを切らずに長いまま茹《ゆ》で、汁にもつけず、つるつると飲むんです。噛みませんよ。つるつるつるつる。それは見事なものです。食べるのはそれだけ。ね？」

と、桃蔵がとりなすように言った。

「うむ」

「仙人というのは、空を飛ぶって聞いたぜ」

と、文治はからかうように言った。

桃蔵が息を呑んだような顔で、伯兵衛を見た。何と答えるのか、桃蔵も予想がつかないらしい。おそらく、伯兵衛が飛ぶところは見たことがないのだろう。

「ああ、飛べるとも」

と、伯兵衛は軽く言った。

「じゃあ、飛んでもらおうか」

文治は笑っている。まったく信じていない。

「……」

伯兵衛の顔が悲しげになった。

「なあに、慌てなくてもいいんだがね」

と、竜之助が助け船を出した。飛べると言い張ったあげく、高いところから身をひるがえされたりしても困ってしまう。

「あれは、わしがやったかも知れぬ」

と、伯兵衛がぽつりと言った。

「え？」

竜之助が訊き返した。

「よく覚えておらぬが、夢うつつのうちに、誰かを殺し、すうっと飛んで、あの櫓の上に乗せてきたような覚えもある。そのとき、男の煙草入れがぽろっとこぼれた。赤い、粗末な煙草入れだった」

「あ……」

竜之助は目を瞠《みは》った。

それは本当のことだった。

五

竜之助と文治は調べの手順を打ち合わせるため、近くの水茶屋に腰を下ろした。神田川沿いにあるこの水茶屋は、文治のお気に入りらしく、看板娘がいかにもなじみ客を迎えるように、

「親分、いらっしゃい」

と、人懐っこい笑みを見せた。

「福川の旦那。赤い煙草入れはほんとにこぼれ出てたんですか？」

「ああ」

「だったら、ほんとにあいつのしわざなんじゃ？」

赤い煙草入れはたしかに目についただろう。

だが、もうひとつ、もっと目についたはずの彫り物については、何も言わなかった。それはなぜなのだろう。

「ううん、おいらは違うと思うけどねえ」

これは根拠のない勘である。固執《こしつ》する気はない。

あの仙人は、頭こそちょっと妙なほうにいっているが、凶暴なことはしないの

ではないか。

「誰かに利用されているのかなあ？」

と、竜之助は首をかしげた。

「利用って言いますと？」

「犯行を押しつけられたのさ。伯兵衛のほうも、とぼけたやつだから、証拠を並べられてその気になってしまったのさ」

「そういうのも、ときどきあるんですがね」

と、文治もうなずいた。

だが、わざわざあんなとぼけたやつに犯行を押しつける意味があるのだろうか？

死体のほうも謎だらけである。

高いところに死体を置かざるを得ず、霞のようなものが立ち上がったのにも、ちゃんとした理由があったとしたら……。

「殺された男には、彫り物があったよな。おいらはよくわからねえんだが、彫り物ってえのはヤクザしかしねえのかい？」

と、竜之助は訊いた。

「いや、そんなことはありませんが、まあ、粋がった連中のやることとです。駕籠《かご》かきはずいぶんしてますし、火消し衆も多いです。それと人足連中ですか。居《い》職《じょく》の職人や、商いをやる者にはほとんどいませんね。たまに魚市場に出入りするのに、鯉《こい》だのを彫った野郎を見かけるくらいです」

「どうも、気になるんだ。あの彫り物の克明な写しを取っといてくれねえか」

「承知しました」

文治は下っ引きにそれを命じた。

「それより、あの桃蔵も鬱陶《うっとう》しい男ですね」

「変わった男だな」

「変わった男が、変わった男を崇拝しているというのも、おかしな感じですよね」

帰り際、桃蔵は、そっと寄ってきて、

「万が一、伯兵衛さんが下手人だったとしても、何か深いわけがあるはずです。そのあたりもぜひ、くわしくお調べくださいますよう。伯兵衛さんは、すでに仙人の域に達しているか、あるいはあと一歩のところまできているんです。修行の邪魔はできるだけしないようにしていただけると」

と、頭を下げたのだった。

「戯作者なんだろ」

「なんでも黄表紙を一冊、出したきりで、それもまったく売れなかったそうです」

「そりゃあしょうがねえ。戯作なんて、もともと売れるもののほうが少ないらしいんだから」

竜之助は同情的なことを言った。

「まずは、殺された男の身元だな」

「ええ。あの界隈の湯屋のあるじや飲み屋のあるじなどを引っ張ってきて、顔と彫り物を確かめさせます。なあに、あのあたりに縁のある男に決まってますよ」

と、文治は自信ありげに言った。

六

夕方から、竜之助は本郷《ほんごう》の小心山大海寺《しょうしんざんたいかいじ》へ座禅を組みに行った。せいぜい十日ぶりくらいなのに、ずいぶん間が空いたような気がする。

寺はやけにひっそりしている。ここは和尚がおしゃべりなせいか、檀家の信者にもおしゃべりな人が多い。だが、いまはしわぶき一つ聞こえず、風のかすかな音がしている。

本堂をのぞくと、小坊主の狆海《ちんかい》が元気なくお釈迦《しゃか》さまの前に座っている。

「狆海さん」

と、竜之助が声をかけると、

「あ、福川さま」

かわいい顔が輝いた。

「ずいぶんひっそりしてるね」

「ええ、じつは和尚さまが……」

「和尚がどうした？」

何かあったかとドキリとした。

「修行しなおすために、旅に出ると」

「へえ」

そういえば、耶蘇《やそ》の教えに心を魅かれたようなことを言っていた気がする。禁教を密告する気はこれっぽかりもないが、まずいことになるかもしれない。

「しかも、檀家やこのあたりの人も和尚さまがおかしいのに気づいていたらしく、変な手鞠唄までうたわれているんです」

「どんな唄だい？」

と訊くと、狆海が小さな声でうたってくれた。

　頭のくるった和尚さんが　狸《たぬき》の寺で修行中
　お経のかわりに教わった　腹鼓は名調子
　ぽんぽこ　ぽんぽこ　ぽんぽこぽん

「そんなのが流行《はや》ってるのかい」

と、竜之助は思わず吹き出した。

「笑いごとではありませんよ。五つ、六つの子どもまでうたってるんですから」

狆海はがっくり肩を落とした。

「なあに、そのうちへらへらしながら帰ってくるって」

「だといいのですが」

「おいらは座禅を組むよ。狆海さんは師なんだから、しっかりしてくれよ」

竜之助がそう言うと、ようやく元気にうなずいた。

広い本堂の真ん中に、たった一人で座った。

無念無想、無念無想。

ふと、仙人のことが頭にちらついてしまう。雲に乗った老人が頭の中を飛び回り始めた。

冗談のように思えるが、あの伯兵衛という男は本気なのだろう。心から仙人に憧れているのだろう。

わかる気もしないではない。

仙人というのは神さまみたいなものなのか。たしか、人間が鍛錬によってなれるのである。しかも生きているあいだに。

不老不死。空中飛行。飯の心配もいらない。

そんな存在になれるのだったら、誰でもなりたい。

ぱしっ。

警策《けいさく》が肩を打った。

「福川さま。何かよからぬことをお考えでは？」

「ううっ」

座禅を組みながら、道教の仙人を思うのはまずい。

たしかに、耶蘇教に色目を使った雲海《うんかい》のことを責められない。

七

夜になって――。

番太郎の桃蔵は、今夜も番屋に泊まりこんで、なかなか仕上がらずにいる戯作を仕上げるつもりでいた。

夜鳴きそば屋で晩飯をすませたあと、一人で原稿に向かった。『人情猫雀寺子屋《にんじようねこすずめのてらこや》』という題名にした。気持ちのやさしい猫が、雀の寺子屋で学問を教えてくれと頼まれた。教えているうちに、雀を食べたくなってしまい、おおいに悩むという話である。

版元からはまた、「くだらなさすぎる」と言われるのだろう。

「よくもこんなくだらないことを考えつくね」と、ほめたふうにけなされる。毎度のことである。

桃蔵からすれば、そのくだらなさがいいのである。説教臭い物語より、ずっとましではないか。だが、世間は愉快な話の中に、何かの教えとか、風刺がこもった物語を好むらしい。桃蔵がつくる物語は、たしかにあまりにもあっけらかんとしていた。

そんなことを思っていたら、今宵もやはり筆が止まった。

こうなると、ぴたりと頭も働かなくなる。

茶をすすり、部屋中をぐるぐる歩きまわる。

——ん？

ふと、窓の外におかしな気配を感じた。障子《しょうじ》を撫でるように、九尾《きゅうび》のキツネでも飛んだような感じである。

背筋に冷たいものを感じながら、棒を一本摑み、番屋の外に出た。曲者《くせもの》や妖怪のたぐいだったら、大声を上げて棒を振り回していれば、長屋からみんなが飛び出してくる。その点、狭い長屋というのはいいものである。

月は薄い雲の陰に隠れたらしく、ほとんど真っ暗である。ただ、火の見櫓の影は、頭上に大きく聳《そび》え立っている。

そのてっぺんである。

うっすらと影が見えた。ぞろりと長い着物。手にした杖と団扇《うちわ》。まさに仙人の影ではないか。

「伯兵衛さん……」

桃蔵は急いで路地の奥の伯兵衛の家に行った。

戸が開いている。誰もいない。

一歩、中に入った。

あいかわらず荷物は何一つなく、当人もいない。

もう一度、櫓の上を確かめようと振り向いたとき、玄関口に伯兵衛が立った。

「ひっ」

思わず悲鳴が出た。

「どうした、桃蔵？」

「いえ、どちらに？」

「厠《かわや》だよ」

わきをすり抜けて、また部屋の真ん中に立った。今日も立って寝るらしい。

桃蔵は外に出て、櫓の上を見た。誰も見当たらない。

それどころか、どうやればあんなに早く、あそこから引き返すことができるというのだ。

夜の空を雲に乗った仙人が飛ぶ光景が思い浮かんだ。凄い速さである。唐土にも一晩で往復できる。

「やっぱり……」

と、桃蔵はつぶやいた。

八

翌日――。

竜之助と文治が、浅草上平右衛門町の長屋にやって来ると、番太郎の桃蔵が深刻そうな顔で寄ってきて、

「伯兵衛さんは、ほんとに空を飛びます」

と、告げた。

「馬鹿野郎。また、そんなことをぬかして……」

文治が叱りつけようとするのを竜之助は目で制し、

「どういうことだ?」

と、訊いた。

「じつは……」

火の見櫓に影が見え、あっという間に部屋にもどった。それが事実なら、空はともかく、火の見櫓の高さくらいは飛べるかもしれない。

「桃蔵さん、よおく思い出してくれよ」

「はい」

「火の見櫓の上の影は、間違いなく伯兵衛さんのそれだったかい？　動いてたかい？　顔ははっきり見えたかい？」

「ああ……」

桃蔵は昨夜の場面を頭に再現したらしく、

「明るい夜ではなかったですからね。単に影絵のように黒く見えていただけでした。でも、あの影はまぎれもなく伯兵衛さんですよ」

と、自信ありげに言った。

だが、竜之助のほうも、

――たぶん、かんたんな仕掛けだな……。

と、自信たっぷりで思った。

おそらく、影は紙でも切ってつくったものだろう。それをそっと、火の見櫓の上に貼り付けておいた。

いったん桃蔵の注意を火の見櫓に惹《ひ》きつけておいて、自分の長屋に駆け込んだ桃蔵の背後にいきなり出現する。火の見櫓の影などは、紙に糸でもつけておいて、下から引っ張ればすぐに外れてしまっただろう。

せいぜいこんなところである。

だが、なぜ、伯兵衛はわざわざそんなことをするのか?

しかも、ずいぶん身が軽い。影を貼り付けたりするためには、自分でも櫓の上に登らなければならないのだ。

ということは、伯兵衛が本当に殺したことも考えられる。別に仙人でなくても、あそこに死体を乗せるのを誰かに手伝わせればいいだけである。

――もしかして、伯兵衛も殺された男も火消しの鳶《とび》だった?

竜之助はその着想に手ごたえを感じた。

「ほらほら、そこにいると危ないですぜ」

職人たちが、道具箱を抱えて、路地に入ってきた。

火の見櫓を解体する準備が始まったのだ。殺しがあった櫓など、さっさと片づけてしまえと、町役人たちが騒いだらしい。

竜之助はもう一度、上に登ってみることにした。

「危ねえですぜ」

と、文治が止めた。

だが、解体されてしまうと、わからなくなることがいっぱいあるような気がする。

「なあに、大丈夫だ」

竜之助はもう一度、上まで上がった。

たしかに、この前よりさらに揺れがひどくなっている。傾きの限界までできて、もう雪崩《なだれ》のように崩れ落ちようとしているのかもしれない。

「やっぱり……」

紙が貼り付けられた痕がある。それは、無理に引きちぎられたらしく、細長く残った切れ端が、風に吹流しのようになびいている。

ここから見えるものを目に焼き付けるように、ゆっくりと、何度もぐるりぐるりと回った。

飛び移ることができそうな屋根はない。

手すりにだらしなくしなだれかかっていた死体の姿を思い出す。

——あれを下からここまで持ち上げた？

本当に仙人でなければできることではない。

竜之助は腕組みして唸《うな》り、それからぽんと手を叩いた。

下りる前に、もう一度、振り返った。

裏手は大名屋敷になっていた。深い森が広がっている。手前には離れのような小さな建物も見えている。

ここはたしか、出羽鶴岡藩《でわつるおかはん》の下屋敷だった……。

九

「最初に死体を見たときの、こんなことは一人ではできないという思い込みに引っかかってしまったぜ」

櫓から下りてきた竜之助は、文治を道端に呼び寄せ、小声で言った。

「どういうことです？」

「あそこに死体を運び上げるのは、一人でもできるんだよ。殺された男もいっしょに登らせたらいい」

「てえことは？」

「あそこで殺したのだ」

梯子が外された火の見櫓の上まで死体を持ち上げるのは容易ではないが、自分で登る分にはどうということはない。

「血は？」

と、文治は訊いた。あんなところで殺したら、血は噴き出し、あたりに血痕がはっきり残ったはずである。地面にも血の雨が降り注いだはずである。

「おそらく、下手人は刺すとすぐ、自分の着物に血をたっぷり吸わせ、それは始末したのさ。それから着物は着替えさせ、身体の汚れやあたりの血は水をかけて洗ったんだよ」

「水で洗った？」

「ああ、流れた血さえ少なかったら桶《おけ》の一杯もあれば充分だ。しかも、小さな水桶くらいは背中にぶら下げたって上まで持っていけるさ。だから、遺体は濡れ、朝日に当たって湯気が立ち昇っていたのさ」

「それが霞に見えたんですね」

「そういうことさ」

「そういえば、いちばん最初に桃蔵と会ったとき、あいつは夜中に雨が降ったとか言ってました。それは、洗い流した水が下に落ちた音だったんでしょうね」

「そうだろうな」

「ということは、やっぱり下手人は伯兵衛！」

「さあ、それはどうかな」

と、竜之助は首をかしげた。

「死体をあそこに置く意味はあったんですかね」

「たぶんな」

竜之助はうなずき、

「殺された男の身元はまだなんだろ？」

と、文治に訊いた。

「申し訳ありません。周囲三町の湯屋のあるじ、飲み屋のあるじ、さらに髪結いのあるじまで呼び出して顔を確認させたのですが……」

いまだに、身元は特定できずにいるらしい。

十

彫り物の写しを持って、竜之助は〈か組〉の火消しの棟梁《とうりょう》のところに行った。神田にはいくつか町火消《まちびけ》しが組織されているが、ここらはか組の受け持ちである。

棟梁は文治がよく知っていて、もう六十を超したはずだというが、肌などは若者のように艶々としている。

差し出された彫り物の写しを見て、

「彫り物をねえ。あっしも若い者には、こんなことはしなくていいというんだが、若いやつは粋がるからね。だいたい、粋がるくらいのやつじゃねえと、炎の中に飛び込んではいけませんしね」

と、苦笑いしながら言った。

たしかにそうだろう。

しかも、そういう棟梁の腕からも季節はずれの桜の花びらがこぼれ落ちている。

「なるほど、これが殺された男の背中にね」

棟梁はしげしげと眺める。

「天竺徳兵衛ですよね」

と、文治がわきから言った。歌舞伎の人気者である。巨大なガマに乗って、口に巻物を咥《くわ》え、印を結んでいる。

「たぶん、火消しですね。駕籠かきやヤクザではねえような気がします」

「ほう」

何百人という火消しの鳶を使ってきた人の言葉である。

「見られたがってる背中に感じますぜ」

屋根の上でついには裸になって鳶口をふるう。燃え盛る炎で、背中の模様ははっきり見えるのだ。

「火消しには多いのかい？」

と、竜之助は訊いた。

「どうでしょうか。このガマは煙りを吐くから、火事に勝とうってのかもしれませんね」

「流行りすたりもあるんだろうな」

「あるでしょうね」

「どうだい、ほかに見当はつかねえかい？」

「まず、町火消しじゃねえでしょう。町火消しだと、は組なら〈は〉、い組なら〈い〉の字をどこかに入れたりするのがいるんですが、こいつは入ってねえ。それに、絵柄がなんとなく武張った感じがする。町火消しならもうちょい小粋に仕上げるんじゃないでしょうかねえ」

「なるほど」

「ん？」

棟梁の目が細部にいった。

「どうしたい？」

「いえね、おい、鯉二《こいじ》はいたか」

と、若い衆を呼んだ。

「頭、何か？」

いなせな若い衆が現われた。

「おめえ、ここんとこ見て、どう思う？」

「あ、ちっとわかりにくくしてますが、加賀《かが》さまでしょう」

「やっぱりそうだよな」

と、うなずき、もう一度、竜之助と文治を見て、

「ご存じかもしれませんが、加賀鳶はまたの名を鉞組《まさかりぐみ》と言いましてね」

「ああ、そうでしたね」

と、文治がうなずいた。

着物の襟のところにもたしか「鉞組」と入っていたはずである。まさにまさかりのような突っ立った髷《まげ》を結っている。また、半纏《はんてん》の襟には白いなめし革をつ

け、派手な衣装で町火消しを圧倒した。

大名火消しの華とも言われ、総動員すれば千人を超すほどである。また、はしご乗りの見事さでも、江戸っ子なら知らない者はない。

「この、○と尻尾《しっぽ》が組み合わさったような模様は、鉞を表わしているんですよ。纏《まとい》なんかにも使ったりします」

と、棟梁は模様を指差して言った。

「なるほどな。ところで、その加賀鳶に棟梁の知り合いなんぞはいないだろうね」

と、竜之助は訊いた。

「いますとも。加賀鳶とおいらたち〈か組〉だの〈た組〉が喧嘩したのはずいぶん昔の話ですからね。まあ、上はおおっぴらに仲良くしにくくても、あんなことにはならないよう、つながりはつくってあります」

その騒ぎは、寄席《よせ》の講釈でも聞いたことがある。

「そうだったかい」

「本郷六丁目で鳶人足をしている松次《まつじ》って男に会ってくだせえ」

棟梁はそう言って、もういいでしょうというように軽くうなずいた。

「助かったぜ」

竜之助はきちんと頭を下げてから、立ち上がった。

十一

「文治。松次に会う前に確かめてえことがあるんだ」

棟梁の家を出てすぐ、竜之助は言った。

「へえ。誰に？」

「番太郎の桃蔵にな」

いったん神田川沿いを東へ向かった。

浅草上平右衛門町の裏店である。

桃蔵は壊されつつある火の見櫓をぼんやり見ながら、感慨深そうな顔をしていた。どう見ても、人のいい善良な若者である。

「あ、同心さまに親分」

「何してるんだ？」

と、竜之助が訊いた。

「いえね。いろいろよみがえる事件もありますのでね。なんか、こう、去りゆくものって感じですねえ」

　確かに壊れつつある火の見櫓には独特の風情がある。

「ところで訊きてえことがあるんだ」

「はい、どうぞ」

「伯兵衛には彫り物があるだろ？」

「あ……」

　気まずそうな顔になった。

「あるんだな」

「はい」

「湯屋で見たのか？」

「いえ、伯兵衛さんはここらの湯屋にはあんまり行かないんです。それで、なんか事情はあるんだろうなという気はしてたんですが、あるとき台所の窓から身体を拭いているのを見てしまったんです。背中一面に昇り竜が……」

「竜がな」

「もしかして、昔はヤクザだったのかと思いました。ちょっと怖くなりました。でも、過去を悔《く》い、いまは仙人めざして修行をしている……むしろ、さらに尊敬するようになりました」

と、桃蔵は胸を張って、

「やっぱり、伯兵衛さんをお縄にするんでしょうか？」

「するもんか」

と、竜之助は言った。

十二

本郷六丁目に向かって歩きながら、

「伯兵衛がやったんじゃねえんですか？」

と、文治は竜之助に訊いた。

「ああ。やったのは伯兵衛じゃねえ。だが、伯兵衛はたぶん殺されたやつも下手人も知っている……」

伯兵衛は、あの火の見櫓に登ったとき、当然、殺された男の肩や背中から彫り物が見えていたはずである。それを竜之助には言わなかった。なんの手がかりにもならない赤い煙草入れについては言ったが、肝心な彫り物のことは口をつぐんでいた。

それは、自分にも同じような模様の彫り物があるので、言わなかった。というより、言えなかった。そういう気持ちの動きはなんとなくわかる気がした。

「下手人を知っているから罪をかぶってもいいと思ったのさ」

「罪をかぶってやってもいい人？」

「誰だと思う？」

「息子ですか？」

「ふつうに考えればそうだろうな」

そもそも伯兵衛はなぜ、仙人になろうなどと思ったのか？

悩んだ人が出家するのと同じではないのか。

つまり、それほどの悩みが伯兵衛にはあったに違いない。

六丁目に来て、火消しの松次の名を言うと、家はすぐにわかった。大通りには面していないが、大きな寺の裏っかたにあり、広い間口は通る人が思わず中をのぞきたくなるほどだった。

訪《おとな》いを入れると、大きな衝立《ついたて》の陰から現われた若者が、

「ああ、か組の棟梁の紹介ですか。どうぞ、お入りください」

と、上に案内した。

町火消しとは、やはり違う。大きな神棚がいかめしく、長押《なげし》には槍が、床の間には刀もある。

「松次でございます」

と現われたのは、五十半ばほどの恐ろしく広い肩幅を持った男である。

松次は千人もいる加賀鳶全体の棟梁ではないが、鳶人足としては頭をしているらしい。そんな迫力がある。

ここは敬意を表して、竜之助が直接、訊ねることにした。

「以前、伯兵衛という名の、いまは五十がらみの男が、加賀鳶にいませんでしたか？　背中には竜の彫り物があるんですが」

「竜の彫り物がある伯兵衛？」

「ええ」

「おそらく、そいつは白竜《はくりゅう》伯兵衛のことですよ」

「白竜伯兵衛……」

「ええ。屋根の上を軽《かろ》やかに駆けめぐる姿は、ほんとに煙りの中で竜が泳ぐようでしたぜ」

と、懐かしそうに言った。

「加賀鳶から離れたんですね」

「ええ。あっしもそこらのことはくわしくはわからねえんですが」

「伯兵衛には息子がいますね？」

「いや、息子はいませんでした」

「え？」

「そのかわり、娘がいて、その娘婿がいっしょに暮らしてました。娘婿も腕のいい、小粋な加賀鳶でした」

「それが、三年前、加賀鳶から去ったのですね」

あの長屋に伯兵衛が来たのは三年前だと聞いていた。

「いえ、もっと前です。五、六年にはなるはずです」

「そうですか」

そのあいだ、江戸以外の地にも行ったのか。いまとなっては、足取りを追うのは難しいし、この調べには関係もなさそうである。

「伯兵衛も義理の息子もいっしょに？」

「ええ、娘が何者かに殺されたのをきっかけにね」

と、松次がつらそうな顔で言った。

「娘が殺された……」

ついに、いちばん切ない事態が明らかになってきた。

どんな事件の陰にも、それさえなかったらという悲しみの石みたいなものがある。

今度の事件はたぶんこれが悲しみの石。

「あのとき、町方は下手人の探索に動きませんでした。加賀さまのほうではある程度、事情を知っていたらしくて、動いたようです。だが、ほんとに全部、解決したのかどうか」

「あとは、伯兵衛に訊くしかねえだろうな」

「生きてますかい、伯兵衛は？」

「生きてますよ」

ここから、そう遠くもないところで。

「松次がよろしく言ってたとお伝えください。あんたが屋根の上を走る姿は、いまでもときどき夢に見るくらいだって」

伝えはするだろうが、それが伯兵衛を喜ばすかどうかはわからないと竜之助は思った。

十三

「義理の息子だろ、あんたがかばってるのは？」

と、竜之助は伯兵衛に言った。

伯兵衛はうどんを飲んでいるところだった。ほんとうに切れ目のない、長いうどんである。それを喉に送りこんでいく。食べるというより、家を建てるための作業の一部をしているふうである。

もちろんうまそうには見えない。

そのうどんをちぎって、飲み込むことをやめ、

「やっぱり、調べがついてしまいましたか」

と、諦めたように言った。

「ああ、あんたが白竜伯兵衛と呼ばれた、有名な加賀鳶だったこともね」

「昔のことです」

「義理の息子とはずっと会ってなかったのかい？」

「三年ぶりでした。突然、現われて、おふくを殺した連中に復讐する日が来たと。おふくというのは、あっしのじつの娘、義理の息子は宗助《そうすけ》と言いました。宗

助もまさか、あっしがこんなところにいるとは思ってなくて、道で見かけて驚いたそうです」

「それが、火の見櫓の殺しがあった前日のことだな？」

「はい。それで夜になって、明日、仇を討つと、挨拶に来たんです」

義理の息子の宗助はずっと行方不明になっていたらしい。

「いったい、何があったんだ？」

「あっしもあの日、宗助から初めて聞いたんです。同じ加賀鳶の、宗助の友だち二人が、屋敷にボヤがあったとき、お宝を失敬していたのです。どうやら、それは公方《くぼう》さまからの拝領品だったようです」

「なるほど」

と言いながら、胸が痛んだ。そんなもの、盗まれようが、ネズミに引かれようが、何も気にすることなどないのに……。押しつけがましい葵《あおい》の品。

それがからんだから、加賀藩でも内密の調査とし、結局、下手人をいつまでも野放しにするようなことになったのだろう。

「宗助はそのことを知り、二人から盗んだものを奪うと、奥へ戻してしまった。もちろん、盗まれたうんぬんのことは言わなかったが、大方、見当はついたでしょう」

「それで、仕返しが行なわれたのか？」

と、竜之助はうつむいている伯兵衛と目を合わせることができないまま訊いた。

「ええ。逃げた鳶二人は、腹いせに腹に子がいた娘のおふくを殺していったんです」

「なんてことだ……」

宗助の怒りがどれほどのものであったか――。

復讐の鬼と化したことも想像に難くない。

そして、――ついに。

宗助は、そのときの二人の片割れを捜し出し、先夜、そいつを殺したのだった。

伯兵衛は手伝ってはいない。それまで、何が起きたのかも知らなかった。ひたすら、娘が殺された悲しみに打ちのめされただけだった。

その推測をたしかめると、

「さぞ、ぼけた舅《しゅうと》だと思っていたでしょうね」

伯兵衛はそうつぶやいた。

「だから、かばってやろうと思ったんだな。あれは、仙人のしわざ、すなわちあんたのしわざだと思わせるように……」

「あれは仙人にしかできませんよ」

「いや、全部、後から細工したんだ。ただ一つだけ、あまりにもあそこで血をまき散らされると、始末のつけようがねえ。だから、それだけは宗助に頼んだんだ。血をできるだけ吸い取って、その着物は持ち帰っておいてくれとな」

「やったのは、人ですか？」

と、伯兵衛が力なく訊いた。

「人だよ」

「じゃあ、人のあたしがやったってことにしてもらえませんかね、同心さま」

と、伯兵衛はつぶやくように言った。

「もう、生にも未練はねえですし」

「仙人になりてえんだろ？」

「仙人には、不老不死だの、空が飛べるだのじゃなく、浮世を超越したくて憧れたんです。だが、なれそうもありません」

「駄目か？」

竜之助も、自分が修行したようにがっかりした。

「たぶん、人間はどうやっても仙人になれねえ気がします」

「うん」

「悟りの道を目差したほうがよかったんでしょうか」

「……」

たぶん、そっちも難しい気がする。娘を殺された悲しみを癒《いや》すすべなど、この世にあるのだろうか。

いつの間にか、桃蔵も来ていて、がっくりうつむいていた。

「自分が情けなくてね……」

伯兵衛は、上をあおぎ、泣き出した。それはついに号泣に変わった。

十四

「まだ、終わっちゃいねえぜ」

と、竜之助は文治に言った。

火の見櫓に死体を置いたのは、モズの生け贄とはやはり意味が違う。見せたいやつが、隣りの屋敷にいたからなのだ。

しかも、宗助はそのもう一人の仲間を殺そうとしている。

「たぶん、宗助は中に入ったんだ」

「何てことを」

「だから、おいらも入るぜ」

「そんな……」

町方の同心が、他藩の江戸屋敷に潜入する。それがどれだけ大それたことか、文治などは思わず震えあがったほどである。

竜之助は、刀を外し、黒羽織を脱いだ。小銀杏《こいちょう》と呼ばれる髷のかたちを崩し、町人ふうにする。尻をはしょり、手ぬぐいで頬かむりをした。

「万が一のことがあったら、どこの馬の骨とも知らないヤツが、お前の十手を盗んで逃げたってことで済ましてくれ」

「福川さま……」

「いいな」

「ええ」

うなずいて、文治は唇を噛んだ。

「気をつけて」

「おう」

竜之助は裏手の築地塀《ついじべい》を越えた。

そう奥に行くつもりはない。あの火の見櫓から見えていたのは、ずっと手前のほうだけだった。奥は木立が繁っていて、見通すことはできなかった。

すなわち、宗助が狙っている男も、この近くにいるのだ。

西の空に残っていた赤みが消えると、藩邸の庭は深海のような闇に閉ざされた。ただ、明るい月が中天に向けて昇りつつあった。その光が、あわ粒のように庭を流れはじめた。

ふと、声がした。

「まったく飛んで火にいる虫ってえのはてめえのことだぜ」

「おめえが卑怯なことをするのは、ちゃんと見込んでいたぜ」

「そうかな」

つつじらしき植栽のあいだから、ぬうっと立ち上がった男がいた。

こっちでも男が一人立ち上がった。これがどうやら宗助らしい。手にした短刀が低く吠《ほ》える獣の目のように光った。

その後ろから、あと二人、立ち上がった。

「ちっ」

宗助は舌打ちした。相手の卑怯さは知りつつも、味方を呼んでいるとは考えていなかったらしい。

「やっちまおうぜ」

つつじのあいだから出てきた男が、宗助に突進した。ほかの二人もこれに調子を合わせた。

「待ちやがれ」

竜之助が立ち上がった。

同時に、竜之助の手から銀のつばくろが飛び出た。

それは闇の中を旋回し、三人の短刀を次々にはじき飛ばした。つばくろ十手は闇の中も心地よさげに泳ぐのだった。

「何だ、この野郎」

「ぶっ殺せ」

わめき声は威勢がいいが、手がしびれて反撃に移れない。

竜之助はすぐに最初に立ち上がった男に接近し、こぶしを腹に叩きこんだ。

男はたちまち闇の底に、だらしなく横たわった。

「てめえらもこうなりてえか」

あとの二人を睨みつけると、

「おれたちは、頼まれただけで」

「関係ねえよ」

あたふたと逃げてしまった。

「宗助。もう殺さなくていい」

竜之助は呆然《ぼうぜん》としている宗助に言った。

「これは仇なんだ」

と、倒れている男を指差した。

「こいつは、おふく殺しと、さしあたって火の見櫓の殺しの下手人として、町方が捕縛する。どうせ、獄門になる。おふくさんの墓にはそう報告してやるんだ」

もう後ろ手に縛り上げていた。逃げた二人はおそらくこの屋敷の中間《ちゆうげん》あたりで、金で釣られただけだろう。うっちゃっておいたほうが、話もこじれずに済むというものである。

「おふくの墓に……」

宗助の肩の力が抜けたのがわかった。

「もう、よけいな罪は重ねないほうが、きっと死んだおふくも喜ぶぜ」

「でも、火の見櫓の殺しはごまかしようがないだろう？」

たしかに裁きの場で、やったのは宗助だとわめき散らすくらいはするだろう。だが、それ以上のことは自分を不利にするだけで何も言えないのである。

「あんたの義理のおやじが自分が罪をかぶろうとして、いろいろ細工をほどこした。おかげで、あの殺しは辻褄《つじつま》が合いにくい謎だらけの事件になり、どうにでもごまかせるんだ。さ、まずはこいつを外に連れ出さなくちゃ」

竜之助は、宗助に手伝うよううながした。

十五

奉行所にもどると、矢崎三五郎が曲者に襲われたというので大騒ぎになっていた。

一度、役宅にもどり、着がえて湯に行こうとしたときだったという。

「いきなりですか」

と、竜之助が訊いた。

「わけのわからねえことを訊かれた」

「なんて？」

「葵新陰流を見せてもらいたいとかなんとか」

「……」

「なんのことだろう？」

「さあ？」

竜之助はとぼけるしかない。

だが、もう事情は明らかである。次の刺客が動き出しているのだ。

「南町奉行所の矢崎と知ってのことか、と訊いた。相手は小さくうなずいた」

「それで斬り合ったのですね？」

「いや、斬りかかってきたので、わしも刀を合わせ、何太刀かやりあうとすっと刀を引っ込めてな、間違いでござった、ごめん、と立ち去って行ったのさ。ま、よほど、勝てっこねえと思い知ったんだろうな」

「それは……」

たぶん違うだろう。腕を試しただけなのだ。

それに矢崎の手首に青い痣《あざ》が見えていた。

「だが、妙な野郎だった。腰に三刀を差していやがった」

「三刀……」

「多けりゃいいってもんでもねえだろうに」

「斬りかかってきたときは二刀ですか？」

「いや、一刀だったな」

「ふうむ」

もしかしたら、小刀のほうは投げるのかもしれない。

それはともかく、町方の同心と知りつつ、斬りかかるというのは、ふざけたふるまいである。

十六

その晩――。

第二の辻斬りが出た。竜之助はそろそろ寝床に入ろうかというときだったが、奉行所からの小者の知らせを受け、現場へと走った。

今度も永代橋の近くである。

矢崎が襲われた場所ともそう遠くない。

今宵は、定町廻り同心でも、大滝《おおたき》が来ていた。自称、仏の大滝。じっさいにも人情は厚いのだが、短気なところがあり、それでずいぶんと評価が差し引かれてしまうらしい。

「若《わ》けえなあ」

と、大滝はうんざりしたように言った。

「親もいれば、女房子どももいたりする。これを知らせるほうの身にもなってもらいてえよな」

大滝はひとしきり愚痴った。

殺されたのは若いうなぎ職人だった。店が閉まってから、同僚と軽く飲み、長屋にもどる途中だった。

またしてもほろ酔い機嫌……。

ただ、三年前まで相撲《すもう》取りをしていた。怪我の回復が長引いて引退してしまったが、辻斬りにかんたんにやられるようなやつではない。

それだけに油断もあったのだ。

またしても脇の下に傷があった。こんなところは、さあ、ここだと言わんばかりに腕を上げていないと、突かれるところではない。

——もしかして、これは刀を投げているのではないか……。
と、竜之助は思った。

第三章　しあわせの方角

一

「しあわせの方角はどっちですかな？」

新大橋《しんおおはし》を下りてきたところで、さびぬきのお寅はそう訊かれた。

訊いてきたのは、元気のない足取りの、若そうな武士だった。浅い笠をかぶっているので、ちょっと遠出してきたのだろうか。

突然のことで意味がよくわからず、

「え？」

と、お寅は訊き返した。

「しあわせの方角はどっちですかな？」

もう一度訊かれた。今度の声にはさっきよりもはっきりしていた。ふざけた口調ではない。真摯《しんし》な問いかけだった。

「ああ……」

お寅は立ち止まった。

西の空に夕日が沈みつつあった。カラスが何羽か赤い雲のなかに消えつつあった。そっちにしあわせもあるのだろうか。

それとも、日が昇る東か。日差しがまぶしい南か。あるいは、吹雪の中にもぬくもりのある北か。

――本当にどっちなのだろう、しあわせの方角は？

以前のお寅なら――少なくとも三、四年前くらいまでのお寅なら、「くだらないこと言ってんじゃないよ」と怒鳴りつけるか、「あ、あっちだよ」と、適当なことを言ってごまかしたに違いない。だが、いまはそうした人生の道に迷うようなとまどいや不安が、わがことと感じられる。いい加減な返事はとてもできなかった。

「どっちなんでしょうね。あたしも知りたいですよ」

だから、そう言った。思わず、共感がにじみ出る声音《こわね》にもなった。

お寅は亀戸村《かめいどむら》から神田三河町の長屋に引き返す途中だった。

取りに来てくれるなら、野菜をただでどっさりくれるというので、巾着長屋のお寅は大横川《おおよこがわ》の向こうの亀戸村までもらいに行った。小松菜にネギ、大根に加え、玉子までたくさんくれた。それを大きな風呂敷に包んで、背負った。

帰りぎわには、

「遠慮なく、いつでも」

と、言われた。じつにありがたい。スリの親分としてそれほど金に不自由しているわけではないが、こうして情けをかけてくれる人がいれば、応援してもらっているようで元気づけられるのだ。

そう言ってくれたのは、昔、巾着長屋に住んでいた丑吉《うしきち》というスリで、いまは足を洗い、代々の百姓にもどっていた。丑吉はもともと亀戸村の百姓で、若気のいたりでスリの道に堕《お》ちた。あんたはスリの才には乏しいからいつまでもここにいちゃ駄目だと説諭《せつゆ》して、実家にもどらせたのである。

案の定、野菜づくりのほうがスリよりもよほど才能があって、いくつかの八百屋と契約し、いまでは土地の庄屋もうらやむほどの分限者《ぶげんしゃ》になりつつある。おかげで、長屋の人間で歳のためにうまく指が動かなくなってきた年寄りも一人雇ってくれていた。

正直なところ、長屋の連中の大半は、もっとひどい人生に転がり落ちていくのだが、丑吉のような例があると、闇夜に光が灯《とも》るような気がする。

だが、お寅自身だって、この先の人生がどうなっていくのか、皆目、見当がつかないのである。

「しあわせの方角……ほんと、知りたいですよね」

と、お寅は周囲を見渡して、もう一度、そう言った。

「いや、つかぬことをうかがってしまった。失礼」

武士は小さく頭を下げ、そのまま立ち去って行った。どこか、寂しげな足取りだった。

――みんな、道に迷うのだろうか……。

人生の中に散りばめられた数多くの追分道《おいわけみち》を正しく選んで、自分の目標へと辿り着ける人が、いったいどれだけいるのだろうか。あのとき、あの道を選んでいたらと、後悔しない人なんているのだろうか。少なくともあたしは、「いったい、なんで、あたしはここにいる？」と、愕然《がくぜん》とするような人生だった。

お寅はしばらく、武士が消えた方向を見ていたが、気を取り直して歩きはじめた。しあわせの方角を見失おうが、見つけようが、子どもたちにはご飯を食べさせなければならないのだ。

神田三河町の巾着長屋に着いたときは、ずいぶん遅くなってしまった。

子どもたちは、準備しておいた夕飯をとっくに食べ終えていた。

ただ、見知らぬ客がお寅を待っていた。

二

「これを見たんですよ」

と、女は散らしを手にしたまま言った。

歳は同じくらいではないか。お寅もこのところかなり肉がついたが、それよりもさらに一回り肉がつき、目のあたりには脂っぽい感じがあった。若いときには漂っていたかもしれない涼しさは見当たらない。それでも目鼻立ちは整っている。若いころはさぞやきれいだったろうと思わせる。

「ああ、はい」

もう一度、子育ての楽しさを味わってみませんか、と呼びかけたやつである。

神田周辺で百枚ほど配った。なかなか受け取ってもらえないので、三十枚ほどは直接、着物の袂に入れた。

何件か問い合わせもあったが、タダ働きというのと、巾着長屋の噂を聞いたらしいのとで、結局、断わられた。

タダ働きということは、散らしにもちゃんと書いておいたのに、それでも勝手に「タダってことはないだろう」と期待してしまうらしい。

しかも、もう一度、子育てしてみたいのは自分の子どもで、他人の子どもには興味がないという女も多かった。

――これはやっぱり駄目かな。

と、近ごろはそう思いはじめていたのである。

「あたし、子育てってしたことないんですよ」

と、女は言った。「だから、できっこないのかもしれませんが……」

「大丈夫ですよ。あたしもしたことなかったんですよ。産んだことはありますけどね。産みっぱなしだったから」

と、お寅も言った。最近は、他人にも言えるようになったが、四十近くになるまではずっと秘密にしていたことだった。

「そうなの」

「それが、このざま。バチが当たっちまって」

「へえ」

女は驚いたようだった。

部屋が急にうるさくなった。子どもが目の前で喧嘩を始めたのだ。

小さな男の子が、十歳くらいの男の子に摑みかかった。だが、軽くいなされ、突き倒される。どぉんと部屋が揺れ、お膳から茶碗が落ちた。それでも、小さな男の子は負けじと摑みかかっていく。

「やかましい！」

お寅が叱った。だが、やめない。

「金二《きんじ》、やめろ」

と、小さいほうを叱り、

「松吉《まつきち》、ちびをいじめるんじゃない」

と、大きいほうを怒鳴った。

二人はしぶしぶ離れて、寝そべったり、独楽《こま》をみがいたりしはじめた。

喧嘩がおさまるのを待って、

「こんなことばっかりなんですよ」

「大変ね」

「子育ての楽しさなんて書いたけど、嘘をつかれたって怒られるかもしれない。でもね、こんなことばっかりの暮らしの中に、ほんとにときおり、楽しさが見つかるときがあるんだよ」

「へえ、そう？」

「うん」

「おたねと言います」

と、女は名乗った。

「お寅です」

「ずっと吉原で働いてたんです」

お寅から目を離したまま言った。

「ああ、はい」

そういう匂いはある。だらしない感じの色気。居直ったような図太さ。だが、それがなんだというのだ。自分はスリの女親分である。浅草を歩けば、いまでも知らない連中から怖れと憧れのこもった目で挨拶される。

おたねはちらりとお寅を見た。

嫌悪の表情でも心配したのかもしれない。そんなものはお寅の心のどこにもない。だから、表情にも出るわけがない。

「年季が明けてからは、やり手ばばあと言われる仕事であの中にいたんです」

「ああ、聞いたことはあるよ」

吉原やほかの妓楼には、やり手と呼ばれる職種の女がいる。ばばあをつけるのは、いわば俗称である。

妓楼の一階は顔見世の場になっている。飲み食いしたり、妓と遊んだりするのは、大きな階段を上がった二階でおこなわれる。

やり手とは、その二階を切り回す女のことである。

やって来た客が最初の客か、なじみの客か、気前のいい客か、けちな客かなどを判断し、もてなしの段階を判断し、花魁《おいらん》や芸者、幇間《たいこもち》などを手配する。いわば遊びの案内役だが、それはもう心づけ次第で、いろんな便宜を図ってくれる。吉原の遊びが楽しいかつまらないかは、やり手にかかっていると言っても過言ではない。

以前、巾着長屋にいた女がその仕事をしたことがあったそうで、お寅は話には聞いていた。

「必死で働いたんでなんとか金も貯まり、いまは吉原の中にそば屋とだんご屋を持ち、人にやらせてそこそこ繁盛もしてるんだよ」

と、おたねは誇らしげに言った。

「そいつはたいしたものねえ」

「近ごろは、やり手のほうも後進にあとをゆずるため、ずいぶんと仕事を減らしているのさ。でも、暇にはなったが、何か物足りないんだよ」

「なんとなくわかる気はするよ」

と、お寅はうなずいた。

それはもしかしたら歳がもたらすものかもしれない。遠くまで広がっていたはずの人生が、ある日、気がついたら、急に先細りになっていた。あのへんで人生はおしまいだぞ、ほんとにこれでいいのか、という問いかけではないのか。

「そんなとき、この散らしを見たんだ。なんか、こう、ぐっときたんだよね」

おたねは左手で胸元を摑むようなしぐさをして言った。

「ぐっと？」

「そう。忘れものを見つけたような……昔、そっちに行けたのに行かなかった道の前にもどったような……」

「なるほどね」

さっき新大橋のたもとで出会った武士の「しあわせの方角はどっちですか？」という言葉を思い出した。

「あたしみたいな女は駄目かね？」

と、おたねは恥ずかしげに言った。

「とんでもないよ。ぜひ、手伝ってくださいな。そのかわり、お礼なんてことはできないんだよ」

お寅は申し訳なさそうに言った。

「あっはっは。そんなことは散らしに書いてあるじゃないか」

と、おたねは笑った。

三

数日後――。

おたねは、洗い物を終えたあと、長屋の路地に置かれた縁台に腰を下ろして、子どもたちのようすを見ていた。

この数年、町を歩いていても、こんなふうに子どもが遊ぶようすを眺めることが多くなった。いつまで見ていても飽きなかった。怪しまれたこともあったほどだった。じっさい、こういう気持ちで赤ん坊をさらったりする女もいるかもしれなかった。

その子たちはあくまでも通りすがりの子どもたちだったが、いま、目の前にいる子どもたちとはわずかながらも縁ができている。

長屋にはほかにも一人、二人、子どもはいるが、お寅のところの子どもたちは五人である。歳は、こういう子どもにありがちだったが、当人さえはっきりわかっていなかったりする。

たぶん、おみつという娘がいちばん年かさで、十二くらいではないか。きれいな顔をした子で、なんでも異人の言葉ができるらしい。

次は新太《しんた》という男の子で、利発そうである。お寅の友だちの息子で、最初に面倒を見ることになったのがこの新太だそうである。

松吉というのは、十歳くらいなのか、喧嘩が強く、何日か前は近所の三つも年上の悪ガキを殴り倒してきたらしい。謝りに行ったお寅は、居直って帰ってきた。三つも下の子どもが相手なら、いじめられたなんて言うなと、相手の親に毒づいてきたらしい。

「向こうもさぞかし呆気《あっけ》に取られただろうね」

と、おたねは笑ったものである。

あとの二人はまだほんの子どもで、金二もおくみもともに五歳だというが、おくみのほうはあどけないといっていいくらいである。

その五人が、路地のいちばん奥にあるお稲荷さんの祠《ほこら》のところでこそこそと何か話している。

井戸に用があるふりをして近くに行き、おたねは耳を澄ました。

どうやら、金二が「スリの長屋の子」といじめられたらしい。

おたねは、通い出して最初の日に、その噂を耳にした。あの長屋は巾着長屋と呼ばれ、浅草や両国を縄張りにするスリたちが暮らしているという。スリたちを束ねているのが、別名、さびぬきのお寅と呼ばれる女親分で、目にも留まらぬはやわざは、スリの世界でも伝説になっている。「だから、あんた、近づくのはやめたほうがいいよ」と。

——それが何だよ。

と、おたねは思った。

お寅さんは、あんたたちがそうやって暇そうにくっちゃべっているときに、へとへとになって赤の他人の子どもたちを育てているんだろうが、と。あたしはスリの手伝いをするわけじゃない。子どもを育てる手伝いをするんだ。

おたねは、ふんとそっぽを向いてやった。

だが、子どもたちはそうした視線の中で、毎日、暮らしているに違いない。

ずいぶん深刻そうなので心配になり、

「どうした、何かあったのかい？」

と、声をかけた。

「あ、おばちゃん」

と、おくみが微笑《ほほえ》んだ。

「おたねさんって言っとくれ」

「おたねさん」

「なんだよ、誰かにいじめられたのかい？」

「大丈夫だよ」

と、新太は大人びた顔で言った。「おいらたちは、いじめなんてくだらねえことには負けないから。前に福川さまから言われたことがあるんだよ」

おたねが知らない人の名を出した。

だが、いじめられたのはたしかだし、金二はまだ、べそをかいている。

「そういうことは大人に相談しなよ。お寅さんにも言ってやろうか」

「駄目だよ、お寅さんには言わないで」

と、おみつが困った顔で言った。

「そう。すぐ怒鳴りこんじゃうんだから」

松吉もうなずいた。

たしかにお寅は子どもがいじめられたと聞くと、すぐにカッとなって怒鳴り込んでいく。何度かその光景は目撃した。おたねも気は強いほうだが、あそこまでの突撃精神は持っていない。

「でも、それで助かるだろ?」

「そうでもないよ。もっとこじれたり、もっと隠れてやるようになる」

「あんなんじゃ駄目だよ」

と、小石をお手玉のようにもてあそびながら、新太が言った。この小石はときおりふうっと消えたりする。新太の母親は元手妻《てづま》師だったそうで、たぶんそういう技のいくつかは教え込まれたのだろう。

「あたしらでなんとかする」

と、おみつが笑って言った。

「そうかい……それじゃいいけど、夕飯になんか食べたいのあるかい？」

「あ、うどんだったら嬉しい。でも、おたねさんがご飯つくってくれるようになったら、どれもすごくおいしくなったよ」

「おや」

「だから、うどんじゃなくてもいいよ」

「うどん、打ってあげるよ」

おたねはすっかり嬉しくなって、長屋にもどった。

四

長屋に引き返したおたねが、お寅といっしょに子どもたちの着物をつくろっていると、長屋の前を、

「さおだけぇえ」

と、竿竹屋が通った。

長屋の路地というのは、いろんな物売りが通る。たいがいのものは、物売りから買えばすんでしまう。物売りはみな、独特の調子と声で、商品や商売の名を連

呼する。竿竹屋にも、耳に残る独特の調子がある。

いい声である。思わず目をやると、おたねは目を瞠《みは》った。

「ちょいと」

「へ、毎度」

声をかけられたのに驚いたように、竿竹屋は立ち止まった。

二十代半ばくらいで、痩《や》せて背の高い男である。ちょっと瞼《まぶた》が重たげだが、鼻筋はすっきりし、口元の締まったいい男だった。

「あんた、貸本屋の民平《たみへい》さんじゃなかったかい?」

と、おたねは表に出ていきながら訊いた。

「え、あれ?」

竿竹屋は、ぎょっとした顔をした。見覚えはあるが、名前が出ないといった顔で、おたねを指差した。

「ほら、仲之町《なかのちょう》の大黒楼《だいこくろう》のおたねだよ」

「あっ、やり手の」

やっと思い出したらしいが、嬉しそうな顔はしない。

「あんた、いつ、商売替えしたんだい?」

と、おたねは怪訝そうに訊いた。

「いや、まあ、ちょっといろいろやってみようかと」

「それにしても、竿竹屋というのはねえ。竿竹って、売れるの見たことがないよ。貸本屋のほうが儲《もう》かるだろ」

「いえ、あの、親戚の家の近くに竹やぶがあって、そこからいい竿竹が採れるものでしてね」

「ふうん」

おたねが首をかしげると、

「じゃ、どうも」

妙に慌てて立ち去って行った。足取りが軽く、たちまち向こうの角を曲がって見えなくなる。

「誰？」

と、お寅が中で座ったまま訊いた。

「うん。吉原に出入りしてる貸本屋でね。いい男だから、花魁たちにも人気があるの」

「でも、いまは竿竹を売ってたんじゃないの？」

「そうなんだよ。おかしいね」

「おかしいよ」

と、お寅が饐《す》えた臭いを探るような顔で言った。

「ま、人それぞれ、いろんな事情があるからさ」

おたねはとりなすように言った。

五

大黒楼は吉原の仲之町にある中堅どころの妓楼である。建物のそこらじゅうに、馬鹿笑いをしている大黒さまのお面が貼り付けられている。

ここは昔から、大工やその棟梁たちに利用されることが多く、ほかの店の妓からはやっかみで、「あんたのところのお客はかんな屑《くず》臭いよね」などと意地悪を言われたりする。

その大黒楼の二階の廊下で、やり手のおたねがぽんと手を叩いた。

「おや、棟梁。ひさしぶりじゃないですか。花魁たちがいつも騒いでますよ。根《ね》岸《ぎし》の棟梁が来ないとうちは火が消えたみたいだって。さっき棟梁を見かけたら、花魁たち、ネズミを見つけたフクロウみたいに目をきらきらさせて、飛ぶように廊下を歩いてますよ。今日はぱあっと豪遊ですか。景気がよくてよろしくて」

と、油紙に火がついたみたいにぺらぺらとしゃべった。

「景気なんざよくねえさ」

と、棟梁は苦笑した。じっさい、白髪頭の苦み走ったいい男である。もてるのも嘘ではないが、やり手に祝儀をはずんでくれるようなことはない。

「妓の子は誰をあげます？　やっぱり白川《しらかわ》さん？」

「そうだな」

「幇間の金八《きんぱち》さんも寂しがってましたよ」

「じゃあ、呼んでくれ」

棟梁をさっき空いた奥の間に入れた。

ひさしぶりのやり手の仕事である。できればこのまま引退したい気持ちになっていたが、後進のやり手が身体の具合がよくないというので、三日間だけ、どうしてもと頼まれた。

「おや、おたねさん。ひさしぶりでげすな」

幇間の金八は近くにいたらしく、妓よりも早くやって来たほどだった。座持ちは悪くないが、華やかさに欠ける。「あいつは呼んだ気がしない」などと陰で言われたこともある。

今日もひとしきり、金八のくだらない冗談に付き合った。

川柳《せんりゅう》に、

　邪気のあるばばあとたいこ申上げ

などという知られた句がある。やり手ばばあのことを幇間はよく、

「心に邪気を持ったばばあでござい」

などと言って、客を笑わせたものである。

今宵ももちろん、そんなやりとりがあり、幇間とやり手は自分たちをおとしめながら花魁を立て、座を盛り上げる。

棟梁が白川と部屋におさまったあと、その幇間の金八から、白川の悪い噂を聞いた。

「どうも、近ごろ、白川姐《ねえ》さんの評判がよくねえでげすな」

「そうなのかい?」

「ええ」

「なんでだい？」

「棟梁や大工より、店のあるじにばっかり尽くすってね」

「大店の？」

「大店とは限らねえようですがね」

白川のことは、おたねもよく知っている。小田原《おだわら》の在の出身で、女衒《ぜげん》が連れてきたときはまだ十二歳だった。お寅のところのおみつが、同じくらいの歳である。

あれから十二、三年は経つだろう。この数年、素直な娘だったのが、悪くすれてきた。それはおたねもうすうす感じていた。

「最近、出入りしてる貸本屋がいるでげしょ？」

「いるよ」

お寅の長屋で見かけた男である。外では竿竹屋になっているとは、おたねしか知らないのではないか。

「どうも、あれとできてるらしい」

「まあ」

あの男はまずいと思った。長年、吉原で数え切れない男女の出会いを見てきたおたねの、勘というしかなかった。

六

「たいした賑わいなんだねえ」

と、お寅は吉原でもっともにぎやかな大通りに立ち尽くした。今日はおたねとともに、吉原にやって来たのである。別に花魁と張り合うつもりはないが、いちばん派手な着物を選んできた。

「まだまだこれからだよ。夕方になるとどっとくり出して来て、ほんとに大騒ぎになるのは日が暮れてからだもの」

男たちのほとんどは船で山谷堀《さんやぼり》の今戸《いまど》のあたりまで来て、そこから日本堤《にほんづつみ》の上を歩いてくるらしい。この土手の行き来というのが、なんとも言えずいいものなんだとは、お寅のスリの師匠だった夕暮れ銀二《ぎんじ》がよく言っていたことである。

だが、おたねは道をよく知っていて、「これがいちばん近い」と上野の山下《やました》から下谷《したや》の町を抜け、右に折れて紅葉で有名な正燈寺《しょうとうじ》のわきを抜け、吉原に出た。これだと日本堤は歩かない。

大門の隣りの番小屋には、町方の同心や小者、岡っ引き、吉原の役人などが詰めて、人の出入りを見張っている。だが、おたねは軽く首を傾けて挨拶し、お寅をつれて問いただされるでもなく通り抜けたのだった。

お寅は首が痛くなるほどきょろきょろしている。もともと人混みで商売をしてきたが、ここでやればたかだか一町くらいで抱えきれないくらいの巾着が集まってしまうだろう。

「ここが仲之町の通りで、右手を揚屋町《あげやまち》、左手を角町《すみちょう》というのさ」

「へえ」

吉原というところにはずっと興味があった。

子分の中には一人、ここで仕事をしてくるものもいる。どんなところか、知っておく必要もあった。

一度来たいと思いつつ、なかなか勇気がなかった。男ばかりが血に飢《う》えた狼《おおかみ》みたいにうろうろしているようなところと想像していた。

「あたしみたいな女もいるんだね」

と、お寅が言うと、

「そりゃあそうさ。吉原の女は花魁だけじゃないよ。ふつうに飯屋も下駄屋もあるんだから」

おたねは笑った。

おたねの二軒の店——そば屋とだんご屋も見せてもらった。

それは仲之町ではなく、京町《きょうまち》通りというのを奥に行ったところにあった。

〈四季庵《しきあん》〉という屋号のそば屋で天ぷらそばをごちそうになり、さらに〈おたねだんご〉という看板を掲げただんご屋でだんごを食べながらお茶を飲んだ。名店の味というほどではないが、代金には充分、見合っている。店のつくりや、働いている人たちも感じがいい。

「感激しちゃったよ、おたねさん」

お寅がそう言うと、おたねはふいにうつむき、袂を目に当てた。

「嬉しいよ」

「苦労のしがいもあったね」

「なかなかそんなふうには言ってくれないよ。業突《ごうつ》く張《ば》りとかは言われるけどね」

おたねがそう言うと、お寅も同感だというようにうなずいた。女が自分の足で立とうとしたら、きっと陰口は男の三倍も叩かれる。

もう一度、大黒楼のところまでもどってくると、

「あ、いけない。忘れた」

「何を？」

「子どもたちに渡して欲しいものがあったんだよ。そば屋に置いといたのを忘れてきちゃった」

おたねは、そば屋に引き返した。

そのあいだ、大黒楼の裏口で待っていると、

「貸本屋の民平ですが」

と、中に声をかけた男がいた。

江戸の川柳に、

貸本屋無筆な人につき合わず

というのがある。貸本屋は、字が読めない人には縁のない商売だったが、屋敷の奥や、妾宅《しょうたく》、遊女などが得意先だった。すなわち、江戸の活字文化を支えたのはそういう女たちだった。

声に聞き覚えがある。あの竿竹屋ではないか。ちらっと見た顔も似ている。く

っきりした顔のいい男である。

出てきた小女に貸本屋は言った。

「白川姐さんを呼んでおくれ」

「はい」

と、小女は奥に走った。

貸本屋はこっちをちらりと見た。お寅は顔をそむけたが、そもそもお寅の顔は知らないはずである。この前、長屋に来たときも、直接話したのはおたねだけで、お寅は家の中にいた。

お寅のことが邪魔そうだったが、そのままそっぽを向いて動かずにいた。

ほかの女が通りかかり、

「おや、貸本屋さん。今日は寄らないの？」

と、声をかけた。

「次が詰まってましてね。今日は回収だけです」

そこへ目当ての女がけだるそうな足取りで下りてきた。

「三州屋《さんしゆうや》の分だよ」

と、女が本を手渡した。

「どうも、毎度」

貸本屋の声はわざとらしかった。

「今日は上がれないのかい?」

「ちっと、稼ぎがな」

「待ってるよ」

「わかってるよ」

二人とも冷たい言い方ではない。

貸本屋の民平は外に出た。

三州屋と言っていた。三河町の近所にもある。質屋である。

あそこのことだろうか。お寅はやけに気になる。

――そうだ、さっきの本……。

昔からある黄表紙で、『金金先生栄花夢《きんきんせんせいえいがのゆめ》』だった。あれがなぜ、三州屋の分なのか。

お寅は貸本屋のあとを追った。外は夕暮れの色が濃くなっていた。さっきより人混みがにぎやかになっていた。お寅は後ろからそっと貸本屋に近づき、本の入った箱を押した。

箱は落ち、中身の本が散らばった。人混みで踏まれた。

「何しやがる」

「申し訳ありませんね」

と、お寅はあわててかがんで、本を拾い集めた。

「気をつけろよ」

「はい」

集めた本を手渡した。だが、あの一冊は袂におさまっている。

できるだけ顔を見られないようにしながら、お寅は来た道をもどった。まさか手わざを使うことがあるとは思わないので、派手な着物を着てきたのは失敗だったと思った。

もう一度、大黒楼の裏にもどり、奪った本を見た。紙切れが数枚はさんであった。

間取り図のようなものが描いてある。南に店があり、すこし斜めに蔵がある。図を見る限りでは、長屋の近くの三州屋と似ている気がする。

ほかにも「手代が亥刻《いのこく》（午後十時）に売上金を蔵に」という一文もあったりする。

「お待たせ」

と、おたねがもどってきた。筆と紙の束を持っていた。

「お客に紙問屋のあるじがいて、頼んでおいたんだよ。子どもたちが手習いの稽古ができるようにと思ってさ。お寅さん、渡しといて」

「ああ、それは喜ぶよ。おたねさん、自分で渡しなよ」

「なんか、こっぱずかしくて」

「馬鹿だね。じゃ、預かっとくから、渡すのはあんただよ」

「そうかい」

と、おたねは嬉しそうな顔をした。

「それはそうと、いま、貸本屋と白川という花魁が話をしてたんだけど、なんか臭いね、あいつら」

「臭いって？」

「花魁は客のことを調べて、出入りの貸本屋に教える。貸本屋は吉原から出ると、その調べた客の家の近くを歩いている」

と、お寅は言ったが、三州屋が本当に三河町の質屋だったらの話である。だが、お寅は何となく自信がある。

「ふうん」

「ま、うかつには言えないけど、気をつけておいたほうがいいかもね。お店にも災いが降りかかるかもしれないから」

奪った本は、おたねから白川にもどしておいてもらうことにした。

七

お寅が帰って行ったあと——。

おたねは今日もやり手の仕事があったので、それをこなしている。

初会の客が一人。この人は緊張しすぎて気分が悪くなってしまった。結局、花魁とも会わず、吉原の医者に診てもらうため、はるばるやって来たようなものだった。

さらに、酔っ払った大工三人を芸者とともに座敷で遊ばせ、それぞれ別々の部屋に入れた。その三人の機嫌を取りながら、本所《ほんじょ》の煙草屋の若旦那をこの店一番の売れっ子である梅川《うめかわ》と遊ばせた。

梅川が一番、二番が白川である。

その白川に、お寅から預かった本を落ちていたのを拾ったと言って、返した。

貸本屋は五日に一度はやって来るので、もどしておくだろう。

話に出ていた三州屋というのは、近ごろ白川についた客で、おたねはよく知らない。

今日は、田中屋《たなかや》という本所の小間物屋のあるじが白川の客についた。こっちはおたねもよく知っている。贔屓《ひいき》の花魁は玉川《たまがわ》という妓で、白川と遊ぶのはめずらしい。あとで一悶着《ひともんちゃく》ありそうである。

おたねは白川が入った部屋の前に行くと、襖に耳を近づけ、中の話を盗み聞きした。こんなことはやり手ならみんなやることで、見つかっても咎《とが》められたりはしない。じっさい、盗み聞きで心中を未然に防いだ例は、吉原中にいくらもある。

「商売のことも占ってくれるんだってな」

と、田中屋の声がした。

「もちろんですよ。いちばん大事なのは金庫の置き場所だよ」

と、白川が言った。

白川は方位を見るらしい。それがまた、よく当たるのだと客のあいだでも噂になっていた。

白川が方位に興味があるのは嘘ではない。そんなことばかり言っていた時期もある。その手の本もずいぶん読んでいた。

もっとも花魁たちはみな、こうした占いのたぐいが大好きで、八卦《はっけ》だの、天《てん》中殺《ちゅうさつ》だの、おみくじだのと、そうした言葉を聞かない日はないくらいである。そのなかでも、白川の入れ込みぶりは周りが心配するくらいだった。

いくつかやりとりがあって、

「ああ、そう。金庫にあると思わせて、そのわきにある風呂敷包みに入れてあるんだ」

と、白川の感心したような声がした。

「考えただろ」

「うん。悪くないと思うよ」

結局、金の置き場所を訊き出してしまった。

ただ、田中屋がどこにあるのかは訊いていない。それは、竿竹屋があとをつけて調べればどうにかなるのだろう。そこまで突き詰めて訊かないというのは、何かの策略なのかもしれない。

田中屋が帰ると、白川は自分の部屋にもどり、何か書きつけをしていた。もう一人、声がかかっていた客があるので、急いで出て行った。

おたねはそっと、いま、書いていた紙を見た。さっきの田中屋の話がそっくりそのまま記されてあった。

八

「これ、どうしたんだ？」

と、お寅がすばやく手を伸ばした。

「あ……」

持っていたけん玉を取り上げられて、新太は震えあがった。

「盗ったんだよ」

「どうやって？」

「懐に入れたのを、さっと抜いたんだよ」

そういう技は長屋の住人がやるのを見かけたらしい。加えて手妻師だった母ゆずりの手先の器用さである。

「誰のだ？」

「銀太《ぎんた》のだよ」

「欲しかったのか?」

「欲しくねえよ、こんなもの」

「だったら、なんで?」

「あいつ、おくみをいじめるんだよ。スリの長屋のガキって」

「スリの長屋のガキって言われて怒って、それで掏《す》ってちゃしょうがねえだろ」

「そりゃそうだ」

新太は素直にうなずいた。

「返してこい。人はときどき失敗しちゃったり、悪いことをしちゃったりするんだ。そしたら、それは返せ。そいつに返せないときは、ほかの人にでも返せ」

「ほかの人でもいいのかい?」

「いいんだ。何年経ってからでもいいんだ」

「へえ」

「それで、飴玉一個でもつけられるんだったら、おまけをつけて返せ。いいな、この世はそういうものなんだぞ」

「うん」

お寅はこのところ怒鳴ったりはしても手は出さなくなっている。以前だったら、まず、新太の頭をぱしっとぶっ叩いていただろう。我慢できるようになった。このあたしが……。それは自分でも意外な気がする。

新太のあとをついて、他の四人も外に出てきた。

「返すのかい？」

と、松吉が訊いた。

「ああ。ばれちまったんだから、仕方ねえだろ」

「なんか、おまけをつけろって言ってたぞ」

「そこにネズミの死骸があらあ。ネズミの尻尾でもつけてやるか」

「そいつはいいや」

と、松吉も笑った。

三州屋の前で、十歳前後の子どもが三人、泥めんこで遊んでいた。ぶつけて割ったほうが勝ちという単純な遊びで、どこの長屋でもやっている。

こっちから新太、松吉、おみつの三人が歩いて行って、すれ違った。

「よう、巾着長屋の連中じゃねえか」

「なんだよ、銀太」

と、新太が振り向いて言った。

「おいらのけん玉、早く返せよ」

子どものくせに借金の催促をするような口調で言った。

「知らねえよ、そんなもの」

「くれたっていいんだ、あんなもの」

と、銀太は嫌な笑いを浮かべた。

「いらねえよ、けん玉なんか。それより、おめえ、腰に何、ぶら下げてんだよ」

「え?」

やっとけん玉があるのに気づいて、それを手にした。妙なものがついている。

「なんだ、これ……」

人の肌の色をした紐? おかしなぎざぎざがある。

「ぎゃあ」

ふいに気づいたらしく、放り出して逃げて行った。

「ざまあみやがれ」

「度胸なし」

新太たちは大笑いである。

「よう」

と、声がかかった。

「は？」

見ると竿竹屋がいた。竹を三本かついでいる。

「この家って誰か住んでるんだろ？」

と、竿竹屋は訊いた。指差したのは、長屋の端っこに当たる家である。

「そこ、いま、空き家だよ。何日か前に引っ越したんだ」

「そうか」

うなずいたが、竿竹屋はふいに、こそこそと陰に隠れた。

――変なやつ？

と、新太は思った。

九

「新太、ちゃんと返したのか？」

と、怒鳴りながら、お寅は路地から出てきた。路地には夕立の前ぶれのような生温かいが強い風が吹いていて、通りに出るとお寅の着物の裾がぱたぱたとなびいた。

子どもたちは、お寅の声を聞くと、向こうのほうへ逃げて行ってしまった。

「ふん」

鼻を鳴らし、肩をすくめると、路地に引き返そうとしたが、

――ん？

お寅は上を見上げて立ち止まった。

出てすぐ右手が、細い道をはさんで三州屋の建物である。

お寅がつねづね思うに――三州屋というのはじつに嫌なやつだった。

質屋だからスリとはまんざら縁がないわけではない。

いつでも持って来いと言いつつ、安く買い叩くのだ。

一度は脅すようなことを言い出し、喧嘩になった。

ここの子どもに、うちの子どもたちがよくいじめられている。銀太というのも、たしかここの息子だったはずである。

そんなわけで、三州屋なんてどんな目に遭《あ》おうが知ったことではないという気持ちもある。だが、大黒楼の花魁のことも気になる。もしかしたら、三州屋は盗《ぬす》人《つと》に狙われているのではないか。

蔵は塀の中にある。

つくりも頑丈なら、泥棒の対策もたっぷりほどこされているはずである。

——待てよ。

こっちから竹か何か渡せば、それをつたってあの蔵のところに渡ることができるのではないか。

三本つなげば、屋根だって越えられる。

そういえば、瓦版の記事で、崖っぷちの家の裏手から泥棒が入ったというのを読んだ。奇妙なことがあるものだというトンマな記事だったが、あれなども竹を使えば侵入できたのではないか。

やっぱり三州屋に忠告してやろうと思ったとき、ちょうどあるじが外に出てきた。丸々と肥え、目が垂れている。温厚そうに見えるが、中身はまったく違う。

「おや、三州屋さん」

お寅は無理して笑顔すら浮かべたのだが、三州屋は眉を吊り上げ、

「まったく、巾着長屋のガキってのはどうしようもないな」

と、吐き捨てるように言った。

「何だって」

「ネズミの尻尾で遊んでるらしいな。そのうち、しゃぶり出すんじゃねえのか。ネズミの尻尾を」

そう言うと、へらへら笑いながら店の中に消えた。もう四十も近いはずなのに、言うことは洟垂《はなた》れのガキである。

これで忠告する気も失《う》せた。

「ばあか。おめえなんざ、頭ごと盗まれたらいいさ」

十

「おたねさん……」

「え」

驚いて振り向いた。白川がいた。

花魁たちの部屋である。一人ずつの部屋もあるが、みんなでくつろいだり、化粧をしたりする部屋もある。午後の早い時間で、いまどきはてっきりみな、湯に入っていると思っていた。

白川の鏡台をのぞこうと、手をかけたところだった。

おたねは三日間の手伝いを終え、いまから神田三河町のお寅のところに行く。

しばらくここへは来ないだろう。白川のことが気になり、手土産がわりに何か調べられたらと思ったのである。

「あんた、そこで何してるんだい？」

白川は小柄な身体で、おたねを見上げるように、凄《すご》い目つきで睨《にら》んだ。化粧は落ちきっていないので、湯に入っていたのではないらしい。

「別に」

「やあね、あたしのこと、探ってんじゃないの？」

「そんな」

「なんだか、神田の三河町に、貸本屋の民平さんのことを探ってる怪しい女がいるらしいんだよ。一度なんか体当たりされて、本を一冊、盗まれたりしたんだって。でも、それっておたねさんが返してくれたんだろ。その人と知り合いじゃないよね」

「知りませんよ」

「変ねえ」

ねっとりした目でおたねを見た。背筋が寒くなった。

そこへ、貸本屋の民平が来た。

「あんた。ちょうどいいところに……」

あらためて見ると、やはりこの民平という男は怖い。ヘビのような目で人を見る。

おたねは足がすくんだ。めずらしいことである。

ちょうどそのとき、花魁三人が風呂から出てきて、

「あら、貸本屋さん。あとで二階に来て」

「あ、あたしも借りたい本がある」

と、声をかけた。その隙に、白川の視線を振り切るようにして、

「あたし、急用があって」

と、おたねは逃げ出した。

「どうしたんだ？」

と、民平は小声で白川に訊いた。

「あたしの鏡台を探ろうとしてたんだよ」

「何か入れてたのか？」

「何もないよ。でも、あの婆あ、町方に駆けこむんじゃないのかい」

と、白川は焦って訊いた。

「何も摑んじゃいねえさ。たぶん、あの怪しい女に知らせに行ったのさ」

「どうすんの？」

「いいんだ。家はわかってる。三河町のあの長屋だ。いまから行って、二人をあの世に送り、ついでに三州屋で仕事をしてくるさ」

民平は薄い笑いを浮かべた。

「頼むよ」

と、白川は甘えた口調で言った。

十一

おたねが巾着長屋に駆け込んで来た。ひどくぜいぜい言っている。ねっちりした空気の中を走ってきて、ひどく汗をかいていた。

「あぶなかったよ」

「なんだい？」

と、お寅は訊いた。おむすびを握っていたところだった。お盆の上には味噌をつけただけのおむすびが五つ並んでいる。夕飯にはまだ早いが、子どもたちは腹が減ったと騒いだのだろう。新太とおみつと松吉は、すでにお盆の前で正座している。

「うちの白川の鏡台を探ろうとしたら、見つかってしまってさ」

「気をつけなよ」

「そしたらちょうど貸本屋の民平がきやがって、すごい目で睨まれたよ。あいつら、やっぱりおかしいよ」

「あたしも確信したよ。あいつら、間違いなく盗人さ。竿竹を使って、蔵とか店の二階に忍び込むんだよ」

と、お寅も考えていたことを言った。

「まあ」

「こりゃあ、早いこと、町方の役人に知らせたほうがいいね。あたしは懇意にしてる同心さまがいるんだ」

「いいね。あたし、奉行所まで一っ走りして来ようか？」

と、おたねが言ったとき、

「そうはいかねえんだな」

入り口の裏で声がした。

民平がうっそりと姿を見せた。しかも、片手でおくみを抱いている。腹巻のところには刃物も見えている。金二がおくみを助けようと民平に殴りかかった。もちろん軽く払いのけられてしまう。

おみつ、新太、松吉は中にいて、民平を見ると、

「竿竹屋だ」

「ほんとだ」

と、口々に言った。

「お前らにまで顔を覚えられちまったかい？」

と、民平は苦笑した。

しまったとお寅は思った。子どもたちだけでも逃がしてあげられたかもしれないのに。

もう、なす術《すべ》もない。

これでは誰が来ても手の出しようがない。

――やっぱりこうなるんだ。

と、お寅は思った。あたしも、この子どもたちも。ついていない人間は、こうしてわけのわからない危難に巻き込まれ、むざむざと命を落とさなければならない。路地一つ向こうでは、何の変哲もない穏やかな暮らしが営まれているはずな

のに。

民平は外のようすを確かめ、中に入ろうとした。

ちらっと長屋の入り口のほうを見たとき、顔色が変わった。

「よう。おくみ、誰と遊んでるんだ？」

聞き覚えのある、のん気そうな声がした。若葉の下を吹く風のような声でもあった。お寅は、今日は何日だっけ？　と、思った。十日だった。この前、会ったとき、十日は非番だから子どもと遊びに行くと言ってたっけ……。

「福川さま。助けて」

お寅が思わず、叫んだ。

民平が腹巻の刃物を摑んだ。

すぐに返事がした。

「おう、まかせな。大丈夫だぜ」

これも歌うような、のんびりした声だった。

「野郎、舐《な》めるな」

刃物を握った手に力が入った。おくみがどこかから血を噴き出させるところを想像し、お寅は一瞬、気が遠くなった。

そのとき、何か光るものがその刃物にぶつかったかと思ったら、民平は雷にでも打たれたようにおくみを離し、数歩、後ろに下がった。

すでに、竜之助が突進してきていた。

「くそっ」

民平は振り返り、わきに置いていた竿竹を摑んで、それを地面に突き立てると高々と跳んだ。

屋根に乗ると、同時に竿竹も引き上げている。竜之助も咄嗟《とっさ》に刀を払ったが、竿竹の先を五寸ほど斬ったにすぎなかった。民平は屋根の上を数歩走り、次に隣りの長屋の屋根にそれを突き立てるようにすると、さらに高く跳んだ。そうやって軽々と二軒向こうの長屋の陰に消えていった。

「怪我はなかったかい？」

と、竜之助はお寅に訊いた。

「ええ。大丈夫みたいです」

おくみは、飛び出してきたおたねに抱きしめられている。

「いまのは盗人ですよ」

と、お寅は民平が消えた方向を指差して言った。

「ああ、たぶんあれは、高跳び小僧だ」

近ごろ、立て続けに押し込みを成功させている盗人である。なぜか、金の隠し場所を知っていて、それを奪い、竹の棒を使って闇夜に消えていく。誰が呼んだか、高跳び小僧。南町奉行所では同心の大滝治三郎《じさぶろう》が担当になってこの怪盗を追っている。

「あとで、また来るぜ。お手柄だよ、お寅さん」

竜之助はそう言って、高跳び小僧が消えた方向に駆け出して行った。

十二

屋根を数えきれないほど飛び越し、神田川沿いに出ると、民平は大川に向かって走った。両国橋と新大橋のあいだは、西の岸に並ぶのはみな、武家屋敷なので、人通りも急に少なくなる。ねっとりしていた空気もひんやりしてくる。

誰かに当たりたい気分である。

しばらくは身を隠さなければならないだろう。すくなくとも吉原には近づけない。せっかくいい盗みの手管《てくだ》を完成させつつあったのに。

白川と出会ったのが、盗みの道に入るきっかけだった。

「あたしは、なじみの客の金の隠し場所を知ってるんだ。だから、年季が明けたら泥棒をして回るんだ」

と、白川は冗談まじりに言った。

「いや、年季が明けるのを待たずに始めたらいいさ」

と、民平は言った。

「どうやって?」

「おいらがやればいい……」

こうして二人が協力しあう盗みが始まったのだった。

——あの女もうまく言い逃れることができるかどうか。

知らぬ存ぜぬを通せば、泥棒に協力しているなんて思わなかったとしらばくれることはできるのである。

だが、あの女はそれはできず、結局、お縄になってしまう気がした。おれに引っ張られるように悪事に手を染めてしまったが、その重大さはよくわかっていないのだ。

新大橋を通る人たちの提灯の明かりが見えてきたころ、柳の木の下から男が一人、ぬうっという感じで現われた。

夜だというのに日除《ひよ》け用の浅い笠をかぶっている。それだけで何となく嫌な気がした。

男は民平の前に立ち、

「ちと、ものを……」

と、言った。

「何ですかい？」

民平は苛々《いらいら》した口調で訊き返した。

「しあわせの方角はどっちですかな？」

「はあ？」

「しあわせの方角を訊いておるのだ」

ちっと頭のおかしくなった御仁《ごじん》らしかった。何がしあわせの方角か。そんなものがあるんだったら、とっくにそっちに向かっている。

「ああ、あっち、あっち」

と、指を差し、いい加減な口調で言った。

その途端、目にも留まらぬ速さで、武士の手元が動いた。

民平の脇の下が急に熱くなり、胸がうっうっという感じで詰まった。

「舐めた返事をしおって」

と、男は言った。

「うっ、うっ」

民平は何も言えない。切っ先が深々と心ノ臓まで貫いたのがわかった。熱湯が腹の中で渦巻き出した。

「どうだ、北辰の突き」

「ううう」

薄れる意識の最後に、

「人生の悩みに対して、適当なことを言うでない」

と、男が吐き捨てるように言うのを聞いた。

十三

「ほんとに残念ね」

と、路地の前に出て、お寅は言った。

梅雨空で、いまにも泣き出しそうな天候だった。

「あたしも、ずっと手伝うつもりだったんだよ。でも、じつの妹のことなんでね。いろいろ苦労もかけちまったし」

と言ったおたねは、旅じたくである。

小田原で店をやっていたおたねの妹が、中風《ちゅうぶう》の発作で倒れた。

それで、店を手伝ってくれないかと言ってきたという。

「しばらくは吉原でもいっしょに働いていてね……」

「そうだったのかい？」

「あたしは恥ずかしくて国には帰れなかったけど、妹は帰って、店を立ち上げたのさ」

「苦労もしただろうね」

「そりゃあずいぶんいじめられたと思うよ。しかも、あたしのそば屋や団子屋どころじゃない。旅籠《はたご》と飯屋二つを切り盛りしてきたんだから大変だったと思うよ。だから、妹の手足のかわりになってやりたくてね」

「そうしてあげなよ」

と、お寅は言った。

「ありがとう」

おたねはうなずいた。

言うからさ」

「処分することにしたよ。未練もあるけど、あの店の人たちが買ってくれるって

「吉原の店は？」

おたねが来てくれるようになって、およそ半月。あいだに三日ほど吉原の大黒楼に手伝いには行ったが、ほぼ毎日、来てくれていた。

二人の活躍で、大泥棒の悪事をあばくなどという思ってもみない体験まですることになった。民平のほうは辻斬りと出会って殺されてしまったが、白川はお縄になった。

泥棒に入られた側が、みな、白川には金のありかを教えていたと告げ、言い逃れはできなくなったのである。

「ほら、お前ら、ちゃんと挨拶しろ。おたねさんとお別れなんだぞ」

と、お寅は子どもたちに言った。

「じゃあ、おばちゃん」

こういうとき、男の子というのは照れてしまって駄目である。

おみつとおくみの女の子二人が、とくにおたねによくなついていた。お寅があまり得意ではない料理や裁縫を教えてもらえるのも嬉しそうだった。

「おばちゃん……」

おみつがそう言っただけで、おたねは涙がこみあげてしまう。しゃがみこみ、おみつを抱きしめ、

「あんたたち、小田原を通ることがあったら、絶対、うちに寄ってね。何泊でも泊まってくれていいんだからね」

やっとそう言った。

小さなおくみがちょこちょこと出てきて、

「そうしたら、あの、おいしいうどん、つくってくれる?」

と、訊いたときには、おたねはもう、涙というのはこれほど流れるのかというくらいに……。

第四章　金の寿老人《じゆろうじん》

一

その夜――。

高跳び小僧が辻斬りに遭って殺された現場には、不思議な緊迫感が漂っていた。集まってきた奉行所の同心や岡っ引きは、いずれも頭の整理ができかねるといった表情で立ち尽くすしかなかった。

「申し訳ありません。あのとき、取り逃がしていなければ」

と、福川竜之助は、先輩同心の大滝治三郎に頭を下げた。竜之助は、見失った高跳び小僧を追って駆けめぐるうち、辻斬りがあった現場に出くわし、殺されている男を見て、愕然《がくぜん》としたのだった。

「なあに、福川が逃がすくらいなら、誰がやっても同じさ」

と、大滝はなぐさめてくれる。〈仏の大滝〉と呼ばれたいと思っているくらいで、じっさいにもやさしいところがある。

当初、高跳び小僧は何者かに消されたのか——とも思った。だが、この道を通ったのは、おそらく竜之助の追跡があったからで、このひと月、大川端に出現していた辻斬りにたまたま遭遇してしまったらしかった。

高跳び小僧は動きがすばやい男だった。

竜之助が長屋の路地からいっきに距離をつめようとしたとき、高跳び小僧は咄嗟に玄関わきの竹竿を抱え、数歩走っただけで宙に飛んだのである。

そんな高跳び小僧をおそらく一突きで倒したのだから、相当な武術の達人であるはずだった。

それにしても、奇妙な殺しである。

ほかの被害者と同様に、高跳び小僧も脇の下を刺されていた。

しかも、深々と。

相手が武士ならこの手口は考えられる。上段に構えさせておいて、すばやく隙を突く。

だが、これまで殺されたのはみな、武士ではない。

町人がわざわざ脇の下を突かせるようなことをするだろうか？

それとも、脇の下を突くということで、何か世間に訴えたいことでもあるのだろうか。ちょっと狂気をはらんだ者というのは、常人には持ち得ない激しい思いを持ちつづけていたりするらしい。

辻斬りの調べはまるで進んでいないわけではない。怪しい男を目撃したという証言がいくつか集まっている。

こうもり形と呼ばれる浅い菅笠《すげがさ》をかぶった武士で、そう歳はいっていないらしい。

何かつぶやいていたという。寄ってきて話しかけられた者もいた。怖くて慌てて逃げたらしい。

逃げなかった者が殺されたのだろうか――。

「やっぱりそうなのか……」

遺体を覗き込んでいた竜之助は、ふと顔を上げて言った。

「どうした福川？」

と、大滝が訊いた。

「突いているのではなくて、投げているのかも」

「刀をか？」

「ええ。それなら、いくらか離れたところからも、隙を突けます。近くにいて、脇の下を突くというのは、なかなか考えられません」

「刀を投げるか、武士が？」

と、大滝が憮然《ぶぜん》とした調子で言った。

「はい」

それは必要があれば、投げもする。竜之助はいま、十手を投げる。岡っ引きの中には、捕り物の魂を投げるなんてと眉をひそめている者もいるかもしれない。

「ううむ」

と、大滝が唸った。この推測には納得いかないらしい。

このやりとりを聞いていた奉行所の小者が、

「あ、福川さま、そういえば……」

と、声を上げた。

いつも大滝に付いている小者で、なかなか腕が立つとは聞いたことがあった。

「どうした？」

「あっしが通っている道場に、戦いの最中に剣を投げる人がいると聞いたことがあります」

「いるのか？」

思いついたが本当にやる人がいると聞くと驚く。邪道だろう。

「道場はどこだい？」

「お玉ケ池《たまがいけ》の玄武館《げんぶかん》です」

と、小者は胸を張った。

通称、千葉《ちば》道場。いまをときめく北辰一刀流である。

これに神道無念《しんとうむねん》流の練兵館《れんぺいかん》と、鏡新明智《きょうしんめいち》流の士学館《しがくかん》を加え、江戸三大道場と言われたりする。

竜之助も田安家の道場に来た北辰一刀流の遣い手と何度か稽古で立ち合ったことがある。強い。というより、しなやかで、柔軟な剣である。

「北辰の剣にか？」

「ええ。名は岩瀬さんと言ったと思いますが、かなりの遣い手なのに、目眩《めくら》ましのようなことを好み、剣を投げたり、酔っ払った真似をしたり、いろんなことをするんだそうです」

「ほう」

「卑怯者とか、北辰の恥とかさげすむ人はいます。でも、そういう人もいざ、立ち合うと、こてんぱんに打ちのめされてしまいます」

「それは……」

ひどく気になった。

そうした剣法をむやみに非難する気もない。なにか突き抜けたところがあるのかもしれない。

もともと武者修行にも憧れたくらいだから、他流の稽古には興味がある。

――北辰一刀流の千葉道場をのぞいてみようか……。

だが、門弟千人とか言われるほど大きな道場である。その人物の稽古と行き合えるかどうかはわからなかった。

二

「巳之《みの》さん。冴えないツラしてるぜ」

長屋を出たところで、巳之吉は顔見知りの男に声をかけられた。

「ちゃんころがねえもの」

と、力なく答えた。

ちゃんころとは、江戸っ子の言葉で銭のことをいう。

「ああ、それだったらおれもいっしょだ。期待されちゃ困る」

「誰がおめえなんかに期待するかい」

と、巳之吉は小声で毒づいた。

巳之吉は櫛《くし》の職人だった。腕もよく、つき合いの長い小間物屋は、巳之吉の名前を刻んでもいいとさえ言ってくれていた。自分の名を刻むのは職人の憧れである。何百という女たちが、自分の名を頭に飾る。

ところが、四十になったばかりの二年前に、軽い中風にかかって、左手が器用に動かなくなった。当然、櫛の出来は落ちる。

仕事はぴたりとこなくなった。

このところは櫛の行商でどうにか食いつないできたが、十日ほど前に風邪を引き、これで蓄えも完全に底をつき、仕入れにも行けなくなった。

無一文。

「へっ。仏さまだって神さまだって無一文だぜ」

と、強がってみるが、やはり情けない。

ところが、江戸というところはありがたいところで、無一文でもなんとか生きていける環境があった。

そのひとつが釣りである。江戸の町――とくに下町方面は縦横に水路が通っていて、そこらじゅうで釣りができる。海も目の前にある。

ミミズを採って、魚を釣る。これなら一文もかからないうえに、自分で食ってもいいし、余った分は魚屋に卸せばいい。

いままでも何度か、これで乗り切った。

「よし今日も釣りだな」

釣り竿をかついで、巳之吉は近くの神田川に向かった。

柳原土手《やなぎはら》である。真っ昼間でさすがに数は多くないが、それでも釣り糸を垂らしているのが何人かはいる。北側の岸は佐久間河岸になっていて、船の出入りも多いが、南側は草っぱらの土手で、船もあまり寄ってこない。

狙いは鯉である。うなぎでもありがたい。

大漁を祈って、釣り糸を垂らした。

だが、なかなか釣れない。

こういうときは焦ってはいけない。鼻唄でもうたってのん気にやったほうがいい。だんだん声が大きくなる。近くで釣っていた男が、わざとらしく耳をふさいで釣り場を移動して行った。

「おめえの腕が悪いのさ」

と、巳之吉は意地悪そうに笑った。

一刻（二時間）が過ぎた。

浮きは悟りでも開いたのか、ぴくりともしない。

雲行きは怪しくなり、風は冷たさを帯びてきて、初夏なのに晩秋のような気分になってきた。

――今日は駄目か。

と、諦めかけたとき、
ごろり。

という手ごたえがきた。魚でないのは明らかである。これが魚だったら、魚の心中死体だろう。

釣り上げて、

「何だ、こりゃ？」

と、思わずつぶやいた。

なんか、ちいさな銅像に見える。古そうである。泥や藻《も》がしこたまついていて、よくわからない。針も奥のほうにひっかかってなかなか取れない。

指ですこしこすった。顔があるのはわかった。

——もしかしたら、由緒正しい仏像？

どきどきしてきた。浅草寺のご本尊も、たしかこんなふうに川から見つかったのではなかったか。

こういうものはやたらに磨いたりしないほうがいいと、聞いたことがある。古ければ古いほど価値があるのだと。

そういえば、和泉橋《いずみばし》を渡ったところに骨董屋《こっとう》があったはずである。そこに持っていってみようと思いついた。

誰にも見られないよう、ぬるぬるしたやつを懐に入れて、土手を上がった。

和泉橋の左手は広小路になっているが、右手にちょっと行ったあたりである。

「ここだ、ここだ」

扁額《へんがく》が掲げられてあって、〈仰天堂《ぎょうてんどう》〉と墨痕《ぼっこん》鮮やかに店の名が書いてある。

この扁額を見たら、何となくおじけづいた。質屋は何度もお世話になっているが、骨董屋は初めてである。

やめようかとも思ったが、前に知り合いからこんな話を聞いたのを思い出した。質屋に持って行ったら百文と言われたのが、骨董屋に持ち込んだら、一両で買ってくれたのだという。

びくびくしながら店に入った。

「何か？」

眼鏡をかけた学者のような顔をした店主が、じろりと巳之吉を見た。自分が野良犬になったような気がして引き返したくなったが、そこを耐えて、

「これなんですが」

と、ぬるぬるするやつを突き出した。

「何ですか、それは？」

店主は顔をそむけるようにして訊いた。

「釣り上げたときに、なんだか光り輝いたような気がしたんでさあ」

「ほう。おかけください」

「針が引っかかってますが、無理には取らないほうがいいだろうと思いまして」

「もちろんです」

「どんなもんでしょう？」

店主はしばらく手にしたそれを見つめていたが、ふと、にやりと笑って言った。

「よさそうですな」

「ほんとですかい？」

「ちょっと洗ってきましょう。お待ちいただけますか？」

「もちろんです」

「竿もあんたの？」

「隣りの住人にもらったやつで」

あるじは釣り竿ごとそれを持って奥に引っ込んでいき、かわりに小僧がお茶を出してくれた。

小僧はそのまま板の間の奥のほうに座り、じっとこちらを見ている。どうやら陳列したものを懐に入れたりしないか、見張っているらしい。

だが、陳列しているものはいかにも重そうなものばかりである。仏像なんぞは出家した相撲取りのようだし、瓶なども風呂のかわりに使えるくらいである。ここはもしかしたら目方で骨董の値打ちを決めるところなのかもしれない。だとしたら、ずいぶんちんけなものを持ち込んでしまった。

腹が減っているので、お茶に甘いものでもつけてくれたら嬉しいのに、それは出ない。そのかわり、お茶のおかわりは出て、

——ずいぶん洗うのに手間がかかっているなあ。

不安になったころ、あるじはもどってきた。絹の包みを持っている。さっきの泥まみれの物体がその中にあるらしい。

「たいしたものを釣り上げましたなあ」

「そうなんで？」

「奇跡ですな」

「……………」

頭がくらりと揺れた。いきなり身体に悪いことを言われた。

「逸品ですよ」

「いくらで買ってもらえそうなので」

「いま、頭でそろばんをはじいているところです」

そう言って、口をつぐんだ。

黙って待つしかない。

巳之吉はそろばんができない。一両くらいになると、いったいいくつ玉をはじ

かなければならないのか、想像もつかない。これだけはじきつづけているという
ことは、千両箱一杯分くらいあってもよさそうではないか。
すると、後ろでがたりと音がして、十手を差した男が飛び込んできた。しゃべ
ったことはないが、顔は知っている。神田界隈で睨みをきかす岡っ引きで、文治
親分といったはずである。
評判は悪くないが、あまり口はききたくない。
「ちっと、番屋まで来てもらおうか」
と、親分は十手をかざした。
「え?」
巳之吉はどういうことなのか、さっぱりわからない。

三

文治は、巳之吉を近くの番屋に連れてきた。
ふらふらしていて、とても逃げる元気はなさそうだから、縄はもちろん、どこ
か摑んだりもせず、後をついてこさせた。
番屋についた途端、巳之吉は、

「腹が減って、腹が減って……」

と言いながら、倒れた。

「おい、ふざけるな」

目をのぞき込むと、本当に目玉がぐるぐる回っている。

これでは調べにはならない。文治は番太郎に、

「何か食うものがあったら食わせてやってくれ」

と、頼んだ。

「飯はあるから茶漬けでも」

「ああ、充分だ」

たくあんを二、三切れのせただけの茶漬けを、どんぶりに二杯、巳之吉は番太郎の嫌な顔も気にせず、またたく間に平らげた。まだ食いたそうにしていたが、文治は無視して、訊問《じんもん》を開始した。

「おめえ、そこまで腹減ってるってことは、よっぽど銭がねえのか?」

「へえ」

情けなさそうにうなずいた。

極悪非道なことをするような男ではない。だが、置き引きだの、食い逃げだ

の、つまらない悪事はこういうヤツがやる。

「ところで、二丁目の角に立派な仕舞屋《しもたや》があるのは知ってるか？」

「ああ、ありますね」

どっしりした構えに、黒板塀の見越しの松。前を通れば必ず目につく建物である。

「十日ほど前、あそこに泥棒が入った」

「ああ、そういえば何か騒ぎがありましたね」

「隠居が大事にしてた金の七福神が盗まれたのよ」

「へえ」

「それで、おめえが持ち込んだ泥と藻だらけの人形だがな、きれいに磨いてみたら、金の寿老人だった」

「そうだったんですか」

「寿老人といったら七福神だぜ」

「はあ……」

巳之吉は何が何だかわからないといった顔である。

「あれは、どうしたんだ？」

と、文治はわざと声を低めて訊いた。

「釣ったんですよ」

竿を持ち上げるようなしぐさをして言った。

「それがちっと嘘臭《くせ》えなあ」

「だって、泥と藻を見たらわかるじゃねえですか」

「そんなことはどうともできるさ」

「そんな……」

「それによう、釣ったってえのは、かっぱらったものを処分するときのおなじみの手口なのさ」

「どういうことです？」

「だから、かっぱらったものを処分するのは、意外に大変なのさ。そういうときは、質屋だの骨董屋に持ち込み、拾っただの釣っただのと言って、いくらで買ってくれると訊くわけさ。ちっとでも高く処分したいからな」

「そんなつもりじゃ……」

巳之吉は急にあわてて出した。

「まあ、大番屋のほうに移って、ちっと泊まってもらうことになるかな」

と、文治は巳之吉の肩を叩いた。

四

自称卑怯三刀流の岩瀬作次郎は正直、落胆していた。

町方で遣えそうな男、五人ほどを挑発してみた。あまり大げさにやると、町奉行所への挑戦などと受け取られて、しつこく追いかけられることになる。最初の一人は同心姿だったが、あとの四人は向こうも普段着になったところを狙い、竹刀で打ちかかるようにした。

こっちは竹刀、向こうは真剣。それなら負けても騒ぎにはできないだろう。

どいつもこいつも拍子抜けするくらいだった。むやみに刀を振り回すだけで、防火用の水桶に刀を食いこませてしまったやつもいれば、自分の親指をざっくり斬ってしまったやつもいた。

江戸の町の治安を守る連中である。

ことがあれば、一人で五人を相手にしなければならないのが、同心の仕事というものだろう。

それが、あの程度の剣の技量でやっていけるのだろうか。

徳川の天下も終わりだと、つくづく実感してしまう。

やはり、あの若い同心がいちばんできそうだと思い直した。あいつの腕はまだ試すことができずにいる。

ただ、うかつなことはできないという気持ちもある。

もし、本当に徳川の御曹司だったら、真剣の決闘にならざるを得ない。そうなると、切り捨てたあとが面倒である。これで徳川幕府の崩壊の兆しがはっきりしてくれば別だが、すくなくとも江戸ではまだ、徳川を支持する声がほとんどである。町方は総動員で追いかけてくるだろう。いくら雑魚《ざこ》ばかりでも、それはそれで鬱陶《うっとう》しい。

そんなときに、辻斬りの噂を聞いた。

大川端にときおり出現し、町人たちを斬り捨てていくらしい。

そういえば、町方の者を挑発したときも、何人かは、

「きさま、辻斬りか」

と、叫んだものだった。

噂によれば、みな、脇の下を刺されて死んでいる。しかも槍傷ではなく、刀傷だというのだ。抜きながら斬るのではなく、いったん引いてから突く。これはや

ってみると意外に難しいはずである。かなり変わった遣い手なのだろう。

下手人の風貌も、若い武士で浅い菅笠をかぶっているというくらいしか、摑めていないらしい。

町方も手を焼いている辻斬り。それを思ったとき、

──そうだ。

と、手を叩いた。

──わしが辻斬りに化ければいいのだ。

当然、向こうは辻斬りと睨んで突っかかってくる。そこを挑発し、決闘に持ち込んでしまえばいい。

あの若い同心も、警戒のため、あのあたりをうろうろしているだろう。

さっそく今晩から、大川端に出向くことにした。

いまは、道場に稽古に来ている。

本来なら、いまごろは京都で剣の腕を試していたのである。脱藩浪人が相手か、それとも新撰組《しんせんぐみ》と名乗り出したらしい幕府側の浪士組が相手かはわからない。そこらはなにやら入り組んでいて、どっちでもいいような気になっている。

要は剣を役立てられたらいいだけなのだ。

通称、人斬り作次郎。

それがいまや、元の道場で、つまらぬ稽古相手をしているていたらくである。町方も頼りなければ、北辰一刀流も落ち目なのではないか。ちっと腕の立つヤツは、見込まれてどこぞに出仕したりしている。あるいは、都に向かってしまった。いまどきのこのこ道場に通ってきているのは、売れ残りの役立たずがほとんどだろう。

岩瀬は、自分のことは棚に上げて、そんなことを思った。

――ん？

ふと、誰かに見られている気がした。殺気ではない。だが、鋭い視線。剣を究めた者だけが感知できる気配なのだろう。

通りに面した窓をさりげなく見た。

なんと、例の若い同心がこっちを見ているではないか。

――ほう。

たしか『平家物語』に出てきた剣と剣とが呼び合う伝説を思い出した。剣と剣。遣い手と遣い手。

岩瀬は、運命がいいほうに回り出したような気がした。

五

——ここだ……。

福川竜之助は足を止めた。町廻りのついでにお玉ヶ池の千葉道場を見に来た。

お玉ヶ池とはいうが、町のどこにも池らしいものは見当たらない。かつてはあったらしいが、幽霊騒ぎなどが相次ぎ、埋め立ててしまったらしい。いまは、お玉ヶ池というと、ここ千葉道場を思い浮かべる人も多いらしい。

教え上手というのでも知られる。ほかの道場だと三年かかる免許も一年で得られるとも言われる。やたら免許を乱発しても信頼は落ちるだけだろうが、千葉道場の場合は本当に教えかたもうまいのだろう。

大きな道場で、格子窓が通りに面していくつかある。そこに何人も張り付いて、稽古を眺めている。竜之助も上背があるのをいかして、後ろの列から覗き込んだ。

——いい剣だ。

と、すぐに思った。

めまぐるしい動きである。熱く焼けた砂浜の上にいるように、足が絶え間なく動いて相手につけこむ隙を与えない。同時に、つねに踏みこむ隙をうかがっている。

実戦になればかなりやりにくい剣になるだろう。豪剣との勝負は一瞬で決まるが、こうした剣との勝負はいくつもの山場がある。そこには思わぬ事態や失敗も生じやすい。

しばらく見ていると、とくに動きのいい男に自然と目が行くようになる。

——あの男……。

いま、道場の右手のほうで、相手の小手を打った男。あれは間違いなくできる。

「あの人は？」

この道場に通ってきているらしい、防具をかついだ少年剣士がいたので訊いた。

「ああ、岩瀬作次郎さんです。四天王の一人ですよ」

少年は誇らしげに答えた。

「岩瀬作次郎……」

おそらく小者が言っていた男である。

岩瀬が次の稽古相手を選んだ。若い男が自信なさげに立ち上がった。竜之助はじっと見つめる。

すると、岩瀬はこっちの窓を鋭い目で見た。見られているのがわかったのだ。おそらくこちらを意識した動きになるだろう。

「さあ、こい」

「とぉっ」

「てゃあ」

掛け声が交差する。だが、力量の差は歴然としていた。

岩瀬はわざと上半身に隙をつくり、相手が上段に構え直すのを見透かしたうえで、軽やかに突きを無防備になった脇の下に叩き込んだ。身体が大きく傾いても、右足の指一本で支えている。

「うっ」

相手は壁ぎわまで吹っ飛んで気を失った。あの分では、ろっ骨が何本か折れたことだろう。

——やはり、あの男なのか……。

もう一つ気になることがある。矢崎を襲ったとき、葵新陰流の名を口にしたという男のことである。

しかも、このところ、奉行所内で手首に痣をつくった者や、手に包帯を巻いた者を数人見かけている。

「どうかしましたか？」

と、訊いても答えない。もしかしたら、矢崎と同じ挑戦を受けたのではないか。

──わたしを探しているのだ……。

辻斬りと、わたしを狙う男は、同一人物なのか？　それは、あの北辰一刀流の岩瀬作次郎なのか？

竜之助は岩瀬の稽古を見詰めながら、混乱していた。

六

竜之助は次に、茅場町《かやばちょう》の大番屋に向かった。

小雨が降り出している。傘を持って出なかったので、手ぬぐいを頭にかぶった。憂鬱《ゆううつ》な梅雨の季節に入ったらしかった。

町家の塀越しの梅の木が、大きな実をつけていた。地面に落ちていた実を一つ拾って、歩きながら匂いを嗅いだ。初夏の川風のような匂いがした。

昨夜、文治から報告があった。金の七福神を盗んだ下手人が上がりそうだと。すでに、怪しい男は大番屋のほうに移してあるという。

ところが、大滝治三郎や矢崎三五郎は辻斬りのことで手一杯である。互いになじみの小者を動員して、夜な夜な大川端を警戒させている。そんなときは、自分だけ役宅に帰って眠るわけにはいかない。この何日かは二人ともいかにも眠そうな目をしていた。

「福川、解決しておけ」

と、矢崎は軽く言った。

「はあ」

調べておけではなく、解決しておけである。そんな簡単なものなら誰も苦労はしない。

だが、見習い同心に嫌という言葉はない。

昼過ぎから始めると聞いていたが、文治はすでに来ていて、いまから取り調べを始めるところだった。

巳之吉という名の四十くらいの気の弱そうな男が土間に座り、文治は夕涼みに使うような腰掛を持ってきて、それに座った。

竜之助は文治に、「はじめてくれ」というようにうなずき、自分は部屋の隅にいき、下手人と目されている巳之吉の表情を観察することにした。

大番屋は、番屋とくらべると格段にいかめしい。拷問の道具が置いてあったり、壁に鉄の輪が取りつけてあったりする。実際、拷問がなされたり、鉄の輪にくくりつけられたりもする。

そうした道具に圧倒されたらしく、巳之吉は怯えたように小さくなっている。

文治は、巳之吉の前に、昨日、釣ったというものを置いた。

三寸ほどの、光り輝く寿老人である。中身は空洞もあるが、まぎれもない金が使われているそうだ。やけに頭が大きく、思わず笑いを誘われそうな七福神である。だが、笑っている場合ではない。

「おめえが釣ったというのは、こんないいものだったんだぜ。ちゃんとご隠居のところに行って確かめてきた。間違いなく揃いの七福神のひとつだそうだ。底のところにはちゃんと法斎《ほうさい》という作者の印も刻んであったよ」

言いながら、文治は寿老人の底を巳之吉に見せた。

「十両どころじゃねえぜ。法斎ってえのはもう亡くなっているんで、新作は出てこない。いままでの作がどんどん値上がりして、いまじゃそれ一体で二十両は下らねえらしい」

「二十両……」

さすがに青くなった。十両で首が飛ぶ。

「こんなものが釣れるってこと自体、おかしなことだと思わねえかい？」

「そ、それは、あっしが釣ったものじゃねえと思います……」

泣きそうな声で言った。

「おめえが釣ったものなのさ。そう言って、仰天堂に持ち込んだだろうが」

「でも、そんなきれいなもんじゃなかったですよ」

「洗ったんだよ。おめえが、泥や藻をつけたものを」

「つけた？」

「長く川に漬かっていたようにごまかすためさ」

「違いますって」

「嘘つくなよ」

「あっしが釣ったのは、金なんかじゃねえ。銅像でしたよ」

「銅像に見えるようにしたんだろうが。ご丁寧に、粘土だの藻だのをくっつけて。長いあいだ、水の中にあったというより、細工をしたような感じだったって、仰天堂のあるじも言ってたぜ」

「そんな……あ、それに、鼻のとこが欠けてましたぜ」

「くだらねえ嘘はやめておけって」

文治は聞く耳を持たない。

だが、このやりとりを聞いていた竜之助が、

「そりゃあ変な話だな」

と、口をはさんだ。

「どこで釣ったんだって？」

「柳原土手の、和泉橋と新《あたら》シ橋《ばし》のあいだあたりです」

「ああ、いいところだよなあ」

のん気なことを言った。

竜之助は川が大好きである。何かが流れてきて、また流れていく。いくら見ていても飽きない。

その、巳之吉が釣りをしたところは、竜之助もよく行くところである。河岸側はにぎわうが、土手のほうは野趣もあって、近郊のひなびた感じも味わえる。し

たことはないが、小舟を寄せて昼寝でもしたらさぞやいい気持ちなのではないか。

もし、そういうものを釣ったと嘘をつくなら、あんなところにはしない。もっと人けのある、橋の上からぽんと捨てられるようなところで釣ったと言ってくるのではないか。

しかも、誰があんなところまで、盗品を捨てに行くだろう。

「どういうことだ？」

竜之助は、巳之吉の情けない顔を見ながら首をひねった。

七

ちょっと間をあけて考えるかと、茶の用意を頼んだところに、瓦版屋のお佐紀が話を伝え聞いて飛び込んで来た。

「巳之吉さんが捕まったんですって？」

「何でえ、お佐紀坊の知り合いか？」

「ええ」

なんでも、巳之吉の長屋というのは、お佐紀のおじさんが家主なのだという。

おじさんは、お佐紀が文治親分と顔見知りであることを知っていて、「親分にあいつの人柄を伝えて来てくれ」と頼まれて駆けつけてきたらしい。

「絶対に何かのまちがいです。巳之吉さんはそんなことをする人じゃないですよ。ちょっとひねくれたところはあるかもしれませんが、根は正直すぎて貧乏してるんです。長屋の病人の面倒も親切に見たりして」

「でも、お佐紀坊、いいやつが追いつめられて悪事をって例もずいぶんあるんだぜ」

と、文治は巳之吉をまだ疑っている口ぶりである。

「福川さま」

と、お佐紀は次に竜之助を見つめた。理知的で一生懸命なまなざしである。岡っ引きもこういう目で、訊問する相手を見つめるべきではないか。下手人もすぐに罪を悔い、裁く側も情けをかけたくなるだろう。

「うん。そうだな」

つい、うなずくと、

「福川の旦那」

文治が非難がましい目で竜之助を見た。

「いや、お佐紀ちゃんに言われたからじゃなく、おいらも、これは変だと思う」

考えてみると——。

巳之吉は骨董屋に泥だらけの像を預けた。

骨董屋がそれを持っていなくなっているあいだに、文治の家に連絡がいった。

「すぐに来て欲しい。盗まれた七福神の一つみたいで、持ってきた怪しい男はまだ店にいる」と。

文治が駆けつけたときは、像は金の寿老人になっていた。洗っているところは誰も見ていないのだ。

「これは、やはり骨董屋の仰天堂の話も聞くべきじゃねえのか」

と、竜之助は言った。

「えっ、骨董屋って仰天堂なんですか。あそこのおやじさんはいい加減ですよ。買うときは本物が贋物《にせもの》になり、売るときは贋物が本物になるって評判なんですから」

お佐紀は店の噂もいろいろと聞き込んでいる。下手すると、岡っ引きが掴む噂よりも信頼できたりする。

「ま、そういう話はあるな」

と、文治は噂を認め、「でも、仰天堂は何のためにそんなことをするんだい？

そんなことしても、自分は一文の得にもならねえぜ」

「あの盗品をうっかり握っちゃったんじゃないですか。始末に困って、だったら持ち込まれた盗品にしてしまおうと」

お佐紀はそう言った。

「タダになっちまうぜ」

「握りかたがまずかったので、タダでもいいやって……」

瓦版の記事を書くだけあって、想像力は豊かである。

「だったら、ほとぼりが冷めるまで隠しておいて、何年か経ったら売ればいいのさ。ああいう商売の連中ってのは、気は長《なげ》えものさ」

と、文治は言った。

お佐紀はちょっと考え、

「もしかして、巳之吉さんが釣ったのは、もっといいものだったんじゃないかしら」

と、胸の前でぽんと手を打った。

「あれがですか？」

黙って話を聞いていた巳之吉が信じられないというように首をかしげた。

「骨董なんてそんなものなのよ。だから、そっちを自分のものにするため、預かっていた盗品を差し出したのでは？」

「面白いなあ。さすがにお佐紀ちゃんだ」

と、竜之助が心底、感心した。面白いだけではない。まさに大いにありうる話ではないか。

「いやですよ、福川さま」

「本当にそれはありうるぜ。高田さまあたりに言って、褒美《ほうび》の準備をしてもらわなくちゃ」

「まあ、嬉しい……」

竜之助とお佐紀のやりとりに、巳之吉は呆れたように、

「お二人の意見の一致に水を差すようでまことに恐縮なのですが、ほんとにそれはないですって。自信を持っていいますが、あれはそれほどのものじゃあないです。あっしが釣ったのは鼻のところが欠けたか潰れたかしてましたもの」

と、口をはさんだ。

「そうなのか？」

「それに、これは金でしょ。あれは銅だったんですよ」

「すると、お佐紀ちゃんの推測は素晴らしいけど、事実としては成り立たないなあ」

と、竜之助は落胆した。

「そうですよね」

お佐紀も反物《たんもの》が空を飛んでいくのを見守るような目つきをした。

「ん、待てよ……」

竜之助の顔が、真冬に花が咲いたように輝いた。

「どうしました、福川さま？」

竜之助は人差し指を眉間にあてるようなしぐさをしながら言った。

「巳之吉さん。あんた、そのとき、ほかにも何か持ってたよな？」

八

仰天堂のあるじは、ひどく機嫌がよかった。奥の間にあぐらをかき、柔らかい布を使ってそれを磨きはじめた。太いろうそくが、二本も灯《とも》されているのも、これをよく見えるようにするためだった。

世にもまれな逸品が手に入ったのである。

文政八年作とある。

釣り竿づくりの名人、竿八《さおはち》の全盛期の傑作である。

ある戯作者は、

「太公望《たいこうぼう》も欲しがるだろう」

と、書いたという。

頑固な名人堅気の竿八は、生涯につくった釣り竿の数は、百に満たない。そのほとんどは、釣り好きの大名や豪商の手に渡っていて、まさかこんな小さな骨董屋に現われるとは夢にも思わなかった。

いちばん手元のところは、じつは竹ではなく象牙《ぞうげ》を竹そっくりに細工したものなのだ。これがあるため、手前に重さがかかって、竿が振り出しやすくなる。ちょっと見にはわからないが、竿八ならではの天才的な工夫がそこここに隠されてあった。

日本橋の村田屋《むらたや》の隠居のところに持って行けば、五十両、いや百両は出してくれる。一生に一度でいいから、竿八で釣ってみたいと言うのも聞いたことがある。あの人も釣りは下手糞である。まあ、道具に目の色を変える人ってのは、だいたい腕のほうはさっぱりだったりする。

あの金の寿老人なんざ、危ない橋を渡って売っても、せいぜい二十両ってとこだろう。

あれを三両で摑んだときはかなり利ざやを稼げると喜んだ。

ところが、すぐに金の七福神盗難の噂が駆けめぐった。瓦版も出たし、一部のそれにはご丁寧に法斎の印のことや、頭でっかちのかたちの特徴まで書いていた。あれでは、しばらくは売り物になりそうもなかった。

下手人はまだ捕まっていない。だが、姿を消したという、七福神を盗まれた仕舞屋の息子だろうと言われていた。持ち込んできたのも若い男だった。

外には女が待っているようすだった。

危ない感じはしたのだが、吹っかけるつもりはないらしかったので、つい買ってしまった。

そのため、売れないどころか、共犯者の疑いまでかけられる怖れもある。

腐っていたところに、突然、竿と泥人形をたずさえ、あの阿呆《あほう》がやって来たのだった。

この竿はどうしたのかと、さりげなく訊いた。長屋の隣人にもらったらしい。

その後、町方からは何も言ってきてないし、価値がわからないのはもちろん、もうあいつの頭の隅にもこの竿は立てかけられていないだろう。

万が一、釈放されてこれを取りに来るようだったら、似たようなヤツを返せばいいことだった。あいつは絶対にわからない。

どうなろうと知ったことではない。

本当ならいつまでも手元に置きたい。できれば自分のものにしたい。だが、こういうものは早くわきに片づけてしまったほうがいい。今宵のうちに村田屋の隠居のところに持っていくか……。

百両で買ってもらい、寿老人の損失分の三両を引いて、まるまる九十七両の儲け。

——これで妾《めかけ》を一人、交換しちまおう。

と、仰天堂は思った。

若いときに一度、嫁をもらったが、すぐに病いで亡くなった。それほど惚《ほ》れていたわけでもないし、ひどくかわいそうに思ったわけでもないが、衝撃は大きかった。どうせ、みな、死んでゆくと思ったら、いろんなことがくだらなく思えてきた。

商人なのに、蓄財までくだらなく思えてきた。息子なんざ持たずに、稼いだものはどんどん使ってしまおう。金は楽しむためのもので、あの世の寄付に持っていくものではない。

不思議なことに、そう決意してからのほうが、商売もうまくいくようになった。以来、二十年、儲けるたびに妾を一人ずつ増やし、三人を別々に面倒見るほどになっていた。

「あいつらは、わたしにとっての蔵だからな」

気のおけない友人には、そんなふうに言うこともあった。

ただ、蔵も古くなる。

しかも、本当の蔵と違って塗り替えもきかない。

最初の妾のおたつは十八のときに自分のものにしたが、二十年経って、だいぶ容子が変わってきた。ぽっちゃりしてかわいいと思っていたのが、肉が張りを失い、だらしなくふくれて、垂れ下がってきた。なんだか水分の多いろうそくに火をつけたみたいだった。どろどろどろどろ下のほうに溶けた蠟《ろう》が溜まってきていた。

――あれはお払い箱にしよう。

二年ほど前からそう思っていた。

だが、いきなり放り出すのはまずい。そこらじゅうでわたしの悪口を言ってまわるだろうし、いもしない親戚の男が現われて、ゆすりはじめたりする。おなじみの修羅場がやって来る。

やはり、きちんと納得ずくで、証文も取ったうえで別れなければならない。まあ、三十両ほど渡して、それで小さな飲み屋でもはじめさせればいい。最初の一年くらいは適当に通い、そのうち向こうも男をつくって、こっちは諦めてくれるだろう。

——なんという遠謀深慮だ。

と、自分の悪知恵に満足した。

残った妾は、おちか三十二歳。おせん二十八歳。おちかは痩せぎすで、声がきれいな女。おせんは小柄で肌が抜けるくらいに白い女。こちらはまだ、手放したくない。

ここにもう一人、新しい妾を入れたい。最近、好みが変わった。大柄な女が好きになってきた。自分より大きくてもいいくらいである。その大きな女の胸に、丸まるようにして眠りたい。まるで猫のように……。

笑いが止まらなくなってきた。

竿を節ごとに外し、ばらばらにしてから、大きな風呂敷に包んだ。

これを持ち、いそいそと店を出ようとしたとき――、男が目の前に立った。

小銀杏の髷、紋付の黒い羽織、着流しに雪駄《せった》、そして、刀と十手。まごうことなき、町方の同心。役者にしたいような、若くていい男だった。

心ノ臓が身体の中でいちばん先に逃げ出そうとしたのか、ぎゅっとねじれたみたいになった。

「ずいぶんなことをするじゃねえか」

と、同心はべらんめえ口調で言った。

「え？」

「釣竿だろ」

と言われるとすぐ、仰天堂の腰が砕けた。

九

神田三河町の巾着長屋に住むお寅のところに、竜之助が顔を見せた。路地に入るとすぐ、子どもたちが飛びついてくる。

「今日はかくれんぼする暇はねえんだよ。すまねえな」

「ちぇっ」

「遊んでくれよ」

子どもたちは不満そうにしながらも、竜之助のそばを離れない。真っ黒になった顔を竜之助の着物にすりつけるようにする。

外の騒ぎを聞いて、お寅が顔を出した。

「あら、福川の旦那……」

「せっかく手伝ってくれる人が見つかったのに残念だったな」

と、竜之助は言った。

おたねについての成り行きは、大海寺の狆海から聞いていた。狆海は、雲海のいない寺を守り、お寅のところにやって来ては孤児たちの兄貴のように相談に乗ってやったりしているらしい。

たしかに、一人で五人の子の世話をするのは容易ではない。お寅からあの散らしをもらって行く先々でまいてきてやろうか。

「しょうがないですよ、バチですから」

と、お寅は意外に明るい口調で言った。

「ふうん」

バチとは何なのか。

くわしく訊きたいけれど、やはり訊けない。人にはみな、言いたくない過去がある。

「高跳び小僧を斬った辻斬りはまだ捕まらないんですか？」

と、お寅は訊いた。このところ気になって、神田橋のところに立つ瓦版屋を見に行ったりもしていた。

「ああ。何となく怪しい男は、何人かに目撃されてるんだがな」

「やはりお侍ですか？」

「うん。浅い笠をかぶった若い侍で、何かぶつぶつつぶやいているらしい」

竜之助がそう言うと、

「浅い笠……若い侍……あれえ……」

お寅はつぶやきながら腕組みをした。

「どうかしたかい？」

「あたしも永代橋のたもとで会ったことがあります」

「いつ？」

「あれは、おたねさんが来た日だから、もう半月以上前でしたか」

「やはり、何かしゃべったかい？」

「というより訊かれましたよ。しあわせの方角はどっちですかって」

「しあわせの方角？　それでお寅さんは？」

「訊かれて考えてしまいました。ほんとにどっちなんだろうって。前のあたしなら、適当にあっちだの、こっちだのと指差したかもしれない」

「指を差すとな……」

そうすれば、腕が上がり、脇の下ががら空きになる。

辻斬りはそのいい加減な返事に怒って、刀を抜く。目の前にがら空きになった脇の下があり、そこに刀を突き入れる……。

それなら、刀は投げなくていい。むしろ、接近しているのだ……。

「間違いないな」

「というと？」

「お寅さんが遭ったのは辻斬りの下手人だ」

千葉道場の岩瀬作次郎という剣士は、上段に構えさせたうえで、脇の下に突きを入れた。あれは、竜之助と同じく、脇の下を突かれる理由を想像したからで、じっさいの辻斬りのことは何も知らなかったのだ。

これで、あの奇妙な死因の謎が解けた。

あとはもちろん、辻斬りを捕縛するだけである。

十

岩瀬作次郎はこうもり形と呼ばれる浅い菅笠をかぶった。これは、月代《さかやき》の傷が隠れるので都合がよかった。雨が降ったり止んだりして足元が悪そうである。足《あし》駄《だ》をはいた。

霊岸島《れいがんじま》にある越前《えちぜん》福井藩の中屋敷を出ると、箱崎を抜けて大川端に出た。

ここから両国橋の手前までは、東岸はずっと武家地がつづく。当然、行き来するのも武家の人間が多い。

辻斬りにやられたのは、町人ばかりのようだが、おそらく命からがら屋敷まで逃げ帰った武士も、何人もいるのではないか。あるいは斬り殺され、小者に運ばれる者がいても不思議ではない。武士はみっともなくて、辻斬りにやられたとは言えない。

東岸をゆっくり北に歩いた。川端の柳並木がいつの間にか桜並木に変わっている。

辻斬りの噂が出回っているのだろう、人けは少ない。

加えて、武家屋敷の多くが表門を大川端の反対側につくっている。こちらは裏手に当たるので、もともと人の出入りは少ない。

とはいえ、まったく歩かないわけにはいかない。辻斬りが怖くて、用事が済ませないでは、世間の物笑いである。

夕方まで降っていた小雨は上がったが、空は雲におおわれ、真っ暗である。提灯を持ち、足元を照らしながら進む。

川沿いの道には人けは少ないが、大川の船の往来は多い。荷船や屋形船、小型の猪牙舟《ちょきぶね》がひっきりなしに通りすぎていく。

道が閑散として、川がにぎわっているというのは、何となく奇妙な光景だった。

――あの同心は、どこかで見張っているだろうか?

どこで、どうやって挑発するか。ただし、あの同心の存在が確かめられなければ、無駄な挑発を繰り返さなければならない。

ほかの同心だったら、挑発はせず、正直にこっちの藩を名のる。越前福井藩三十二万石。町方ごときに手は出せない。

だが、半刻（一時間）ほど歩くうちに退屈してくる。

警戒のために回っているらしい同心や岡っ引きとも何度かすれ違った。こっちを覗き込むようにはするが、誰も声をかけてこない。

一人だけ、「辻斬りが出ていますのでお気をつけて」と声をかけていった者がいたが、あんなことで警戒をしていると言えるのだろうか。

端唄《はうた》を口ずさんだ。

こうもりが出てきた浜の夕涼み
川風さっと吹く牡丹《ぼたん》
からい仕かけの色男
いなさぬいなさぬ　いつまでも
浪花《なにわ》の水に映す姿絵

新大橋を過ぎ、御船蔵の対岸あたりに来たときである。

ふいに人が現われた。どこから来たのかわからない。どうも川端の桜の木の陰あたりにひそんでいたらしい。

浅い菅笠をかぶっている。噂の辻斬りではないか。岩瀬よりは五寸ほど身の丈が低い。しかも岩瀬は足駄をはいているので、その差はずいぶんある。

町方はおそらく身の丈のことを知っていて、だから岩瀬をたいして警戒しなかったのかもしれない。

——本物が出ちゃったかい。

と、岩瀬は嬉しくなった。

すると、男はこっちに寄って来て、

「しあわせの方角はどっちですか?」

と、訊いた。

「え?」

訊かれた文句が意外だったので、思わず顔を見た。

岩瀬よりも齢は上だろうが、悲しげな少年のような表情をしている。あまりに痛々しいので異常な感じさえする。

「増田《ますだ》さん……」

知っている男だった。

増田欽八郎《きんぱちろう》。千葉道場の先輩である。

しかも、天才剣士と言われていた男だった。

岩瀬も何度か稽古をつけてもらったことがある。まるで歯が立たなかった。その後、増田はぴたりと道場に来なくなった。精神を病んだという話は聞いたことがある。

それは三年ほど前の話である。

そこから岩瀬の上達はいちじるしいものがあった。三羽烏、四天王、いくつかの言いかたはあるが、岩瀬の名がはずされることはなくなった。

だが、いま、戦って勝てるかどうかはわからない。

身体をいつにない緊張が走った。

数歩下がり、足駄を蹴るように脱いだ。腰に差さずに手にしていた刀を差した。これで三刀。左の腰がずしりと重くなった。

「わしを知っているのか？」

「ええ」

「誰だ、そなたは？」

と、訊かれて、岩瀬は持っていた提灯を顔のところまで上げた。こっちの顔もわかっただろうが、増田の狂気に満ちた顔もはっきりと見えた。

「ああ、玄武館にいたな」

「はい」

「確か、岩瀬だ」

「そうです」

「ここに傷があったな」

と、頭を指差した。

「いまもあります」

岩瀬は笠を指先で叩いた。おそらくは人生観まで変えた大きな傷である。

「わしがつけてやった傷だったな」

やはり言うことはおかしい。

岩瀬はそれには答えず、

「増田さん。辻斬りにまで落ちぶれましたか?」

「なんだと?」

「さっき、何か訊きましたね」

「しあわせの方角を訊いたのだ」

「わたしが、適当な方向を指差したらどうします？　こんなふうに」

と、岩瀬が右の人差し指を深川のほうに向けたとき、増田の手が刀にかかった。

いきなり抜いてくる。

岩瀬はすばやく数歩下がって、居合いの最初の一太刀を避けた。次に突いてきた。これは斜めに跳びながらかわした。

「わかった、相手をする。だが、提灯を置かせてくれ」

「早くしろ」

岩瀬は提灯をかたわらの桜の木の幹に手ぬぐいでくくりつけた。

小さな明かりが、小さな舞台をつくったように見えた。

福川竜之助が警戒のために大川端をゆっくり歩いて来たとき、すでに二人の男が向き合っていた。

ともに若い武士であり、浅い菅笠をかぶっている。身の丈が違うが、どちらも一目でかなりの腕前とわかる。

——どういうことだ？

混乱しかけたとき、たちまち斬り合いが始まった。

三年前より増田の剣はさらに強くなっていた。切っ先には鋭さに加えて力強さも加わっていた。軽く受けただけでも、はじき飛ばされそうな重みがある。

だが、岩瀬は自分の動きもよくなっていることを自覚した。増田の剣がよく見えている。足を前後左右に送って、増田の剣をぎりぎりのところでやりすごし、あるいは叩いて退けるようにした。

岩瀬は長刀一本で戦っていた。

増田はすごい勢いで突進してきた。同時に左横から剣が払われ、岩瀬はこれを受けずに体をかわして避けた。

だが、右足の指一本で踏みとどまり、逆襲に転じた。

「たっ」

「とぉ」

交差した。

動きが止まった。残心の構えにも見える。

ともにどこかを斬られたのか、二人の身体がかすかに揺れはじめた。

「なぜ、辻斬りなぞ」

と、岩瀬が訊いた。

「天が命じた」

と、増田が答えた。

ふたたび切っ先を合わせた。

ともに剣先がかすかに震えている。これが北辰の剣である。

増田の剣は狂気をはらんだ大胆さで、いったん空を突くようにすると、そのまま真上から振り下ろしてきた。

これを岩瀬はほんの紙一枚のきわどさで見送り、小手を放った。それが増田の右手の手首の筋を断った。水芸のように細い血の流れが弧を描いていた。

同時に、岩瀬が右手に飛び込んで剣を払おうとしたとき、闇の中をつばくろが飛んだ。それは、岩瀬の刀に喰らいつき、衝撃を与えて去った。

手がしびれ、刀を落としそうになった。

若い同心が姿を見せ、

「辻斬りはこちらが捕縛いたす」

と、告げた。

十一

「このひと月、江戸の町人たちを脅やかした辻斬りを捕縛するのは町方の役目でござる」

と、竜之助は言った。

辻斬りは右腕の筋を断たれ、動きが利かなくなっていた。そのことがさも不思議そうに、じっと自分の右手を見つめた。刀を持っているのもつらくなったらしい。ふいに地面に刀が落ちた。

辻斬りは桜の幹のところまで歩いて行き、そこに腰を下ろした。

「さようか」

岩瀬はそう言って、長刀を鞘におさめた。

「捕縛にご協力いただきかたじけない」

と、竜之助は頭を下げた。

「それだけか」

と、つらそうな顔で岩瀬は言った。

左手がだらんとしている。

十手が当たったときの痛みではないはずである。さきほどの立ち合いでどこか怪我をしたらしかった。

それから、星も月もない夜空を見上げ、岩瀬作次郎は、

「葵新陰流を遣うというのはそなたかな？」

と、訊いた。

「ああ、ちょっと前までのことですな」

と、竜之助は答えた。

「どういうことですかな？」

「もう、その剣は封印しましたので。二度と遣いません」

「だが、襲いかかってこられたら？」

「この十手でお相手いたします」

岩瀬はむっとしたらしい。

「それは愚弄《ぐろう》であろう」

「だが、十手も武器でしょう」

と、竜之助は言った。むろん、冗談ではない。使いやすく、しかも相手を殺すまでは痛めつけない。

岩瀬がさらに一歩、二歩と下がった。
殺気が立ち昇ってきていた。
「てやっ」
岩瀬の手が動いた。
小刀に手がかかったかと思うと、それは宙を走った。
だが、竜之助には向かってこない。かたわらにいた辻斬りに向けて飛んだ。
かきん。
と、音がして、小刀がはじかれた。
増田がふたたび動き出そうとしていたのだ。
それを阻止しようと、岩瀬は小刀を放ったが、はじき飛ばされた。
「えっ」
岩瀬は驚いて、増田を見た。
右手は使えない。左手一本で、刀を持っていた。戦う気力はよみがえっている。
その増田の左手の刀がふいに宙を走った。
憎しみをこめて、増田が岩瀬に刀を投げたのだ。

それを迎え撃つように、岩瀬もまた、もう一本の小刀を放った。

増田と岩瀬のあいだはおよそ五間。

だが、竜之助の目は、二つの刀の軌道がほんのすこしずれているのを見て取った。すなわち、刀はぶつからずに互いの身体に突き刺さる。

岩瀬は小刀を投げ終えるとすぐ竜之助のほうを向き、長刀を抜いて構えた。先ほど左手が怪我をしたように見えたのはやはり偽りだった。これがこの男の剣法であり、戦術なのである。

竜之助の身体がくるりと回転した。ふたたび正面を向いたとき、手から鉄のつばくろが飛び立っていた。

つばくろが夜を疾駆《しっく》する。

ぴきぃん。

まさに交差しようとしていた二本の刀は、並び、寄り添うように地面に落ちた。

「えっ」

「なんと」

二人は呻いた。

「お二方の勝負は終わったはず。おやめなさい！」

竜之助が一喝すると、増田は尻餅をつくように座った。叱られた子どものようにも見えた。

少なくとも三人の命を奪った狂気の辻斬りは、ようやくしあわせの方角を見つけたのだろうか。どこか遠い一点を見つめた。

だが、この男はもう、後もどりはできない。

一方の岩瀬作次郎の闘志は失せない。

長刀の柄を握りながら、じりじりと迫ってきた。

二刀を叩き落としたつばくろは、頭上で回転を始めている。ひゅううという鋭い音が、夜の闇を切り裂いている。

竜之助は右手に紐を持っている。手首を回転させながら、十手を回している。

それにさりげなく左手が添えられているのは気づきにくい。その左手の人差し指が、十手の先にくくりつけられた丈夫な絹糸を操るのだ。

「てや、てや、てや、てや……」

じっさいの動きとは重ならない、ふざけたような掛け声を上げながら、竜之助の一間ほど前まで迫った。

掛け声はとぼけているが、動きは鋭い。隙もない。

真っ当この上ない剣法である。

ぐっと腰を落とし、刀の鯉口《こいぐち》を切って、居合いの要領で刀を抜き放とうとした。

そのとき、竜之助の腰も落ち、右の上方に来ていた十手を強く左のほうに引くようにした。同時に、左手の人差し指の先をくいと引くと、十手の先端は向きを変え、竜之助の手元のほうへ突進してきたのである。

岩瀬の刀は、すでに鞘を離れ、竜之助の胸のあたりに襲いかかろうとしていた。その刀の鍔に、
がきっ。

と、つばくろが喰らいついた。

さらに、竜之助の腕が鞭《むち》でも打つように鋭く振られた。

雷鳴を聞くような岩瀬の反応だった。

すさまじい衝撃を受けて、刀を取り落とし、そのまま棒立ちになった。

「何だ、これは……」

竜之助はもどってきたつばくろを摑み、数歩前に出て、岩瀬の首にぴたりと当

てた。

「この勝負、わたしの勝ち」

と、竜之助は言った。

「ううう」

「いかがか？」

ぐっと十手を押しつけながら念を押した。

「まいった」

と、岩瀬は呻いた。

こう言わせたほうが後腐れはない。

「つばくろ十手。南町奉行所同心としての技です」

と、竜之助は誇らしげに言った。ただ、同心に見習いの言葉をつけなかったことには、少々やましい気持ちもあった。

「弱き者のために……」

そうも言った。以前、役者の市村宙之助に言われた言葉を思い出した。決めのセリフ。ちょっと違うかもしれない。

大勢の足音がしてきた。

「福川の旦那ぁ……！」

文治がほかの小者たちとともに、御用提灯を揺らしながら、駆けつけてくるところだった。

正面から、朝の光が差してきていた。海から出たばかりの、江戸でいちばん清清しいはずの朝陽だった。

それをじっと見ていた。

「若いってのは凄いね」

と、近くにいた漁師の一人が、小舟に網を運び込みながら言った。すでに沖に向かった舟も多い。この漁師は少し寝過ごしたようだった。

「ん？」

「もう、傷はすっかりふさがっちまったんだろ」

「ん」

と、小さくうなずいた。

胸の真ん中から右下へ、流れるような大きな傷があった。骨を何本か断ち切るほどの傷だったが、しかし深くはなかった。それが幸いした。

十日前、その傷は完全にふさがった。

見つかったときは、血がすべて流れ出て、ろうそくみたいになっていた――と、あとで言われた。

だが、そんなはずはない。命を保つのに必要な、最小限の血だけはとどまっていてくれたのだ。

ぱっくりと開いた傷。救い上げてくれた爺さんが、網をつくろうときの針で縫いつけていた。沖で怪我をしたときも、そうやって縫い合わせるのだという。その糸も、すでに抜かれていた。

意識は二十日ほどでもどった。

「わかるか?」

初めて見る爺さんと婆さんが覗き込んでいた。二人とも真っ黒で、日焼けではなく煙りで燻《いぶ》したのではないかというような肌をしていた。

声は出なかった。出るのかもしれないが、出したくもなかった。

「大丈夫だ。おらたちが助けてやる」

と、爺さんは自信たっぷりに言った。

きっと滋養が素晴らしかったのだ。獲れたてのうまい魚を毎日、食べさせてくれた。こんなうまい食いものは初めてというようなおかずばかりだった。

それでも傷はふた月のあいだ膿《う》みつづけた。

そのあいだ、熱も出た。毎夜、夢も見た。夢の中で、じっさいの人生を上回るくらいの経験もした。

だが、毎朝、きれいな真水で拭いてくれたのもよかったのだろう。

その傷がふさがると、身体から脱《ぬ》け出るものがなくなったのか、急速に力がよみがえってきているようだった。

三日前からは、よろよろした足取りだが、こうして浜辺も歩くようになった。

海はきれいだった。広々として気持ちがよかった。

以前はこうした広がりのある空間が苦手だった。いや、苦手というより、激しい恐怖をもたらすものだった。

それが、満天の星の下を、川の流れに身をゆだねたとき、恐怖は消えた。むしろ、こっちが本当の自分の居場所なのだと思った。

大海原。高い空。白い雲。そして、吹き渡る風――。

いつか、この海を泳いでみたいとも思った。自分でも信じられないような気持ちの変化だった。

「無理すんなよ」

と、後ろで声がした。

ゆっくり振り向いた。一瞬、強い目まいに襲われたが、どうにか足を踏ん張っ

て、身体が揺れるのに耐えた。

爺さんと婆さんが、並んでこっちを見ていた。温かい笑顔だった。媚《こ》びも同情もいっさい入らない、混じりっけなしの笑顔だった。

「ん」

素直にうなずいた。

この前の晩は、しばらく沖の漁に出ていたという人に、

「ありゃどこの子だ？」

と、訊《たず》ねられて、

「わしらは桃太郎をさずかったのさ」

と、爺さんは答えた。

「どんぶらこ、どんぶらこと流れてきたんだもの」

と、婆さんは嬉しそうに言った。

「桃太郎の弟で、桃次郎だ」

などとも言った。

「だが、あの子は侍の子だぞ。早く、届けを出したほうがいいぞ」

「それは、前の話さ。前は侍の子だったかもしれねえが、それは死んだ。いまのあの子は、海神さまの子だ」

と、爺さんは胸を張った。

爺さんと婆さんはずっと子どもがなくてやって来たらしかった。周囲には、それに対する同情心もあるらしかった。

しかも、こうしたことはこの島ではときおりあることのようだった。届けもせず、ついにはこの島の人間になり切った者もいたらしかった。

だから、向こう岸に広がる町のようには、掟《おきて》も住人の視線もさほど厳しくはないのだった。

――わたしは海神さまの子か。

と、思った。そんな気もしてきていた。

内海の波は穏やかで、何もかもが許されるような潮の音だった。

本書は２００９年７月に小社より刊行
された作品の新装版です。

双葉文庫

か-29-45

若《わか》さま同心《どうしん》　徳川竜之助《とくがわりゅうのすけ》【七】

卑怯三刀流《ひきょうさんとうりゅう》〈新装版《しんそうばん》〉

2021年11月14日　第1刷発行

【著者】

風野真知雄《かぜのまちお》

【発行者】

箕浦克史

【発行所】

株式会社双葉社

〒162-8540 東京都新宿区東五軒町3番28号

［電話］03-5261-4818(営業部)　03-5261-4833(編集部)

www.futabasha.co.jp(双葉社の書籍・コミックが買えます)

【印刷所】

中央精版印刷株式会社

【製本所】

中央精版印刷株式会社

【フォーマット・デザイン】

日下潤一

ISBN978-4-575-67082-0 C0193

Printed in Japan

風野真知雄　わるじい秘剣帖（八）　あっぷっぷ　長編時代小説〈書き下ろし〉

孫の桃子との「あっぷっぷ遊び」に夢中になる愛坂桃太郎。しかし、そんな他愛もない遊びが思わぬ危難を招いてしまう。シリーズ第八弾！

風野真知雄　わるじい秘剣帖（九）　いつのまに　長編時代小説〈書き下ろし〉

珠子の知り合いの元芸者が長屋に越してきた。いまは「あまのじゃく」という飲み屋の女将で常連客も一風変わった人ばかりなのだ。

風野真知雄　わるじい秘剣帖（十）　またあうよ　長編時代小説〈書き下ろし〉

「最後に珠子の唄を聴きたい」という岡崎玄蕃の願いを受け入れ、屋敷に入った珠子と桃太郎だが、思わぬ事態が起こる。シリーズ最終巻！

風野真知雄　わるじい慈剣帖（一）　いまいくぞ　長編時代小説〈書き下ろし〉

あの大人気シリーズが帰ってきた！　目付に復帰したのも束の間、孫の桃子が気になって仕方がない愛坂桃太郎は江戸への帰還を目論むが。

風野真知雄　わるじい慈剣帖（二）　これなあに　長編時代小説〈書き下ろし〉

孫の桃子を追って八丁堀の長屋に越してきた愛坂桃太郎。大家である蕎麦屋の主に妙に気に入られ、次々と難珍事件が持ち込まれる。

風野真知雄　わるじい慈剣帖（三）　こわいぞお　長編時代小説〈書き下ろし〉

川沿いの柳の下に夜な夜な立つ女の幽霊。桃子の夜泣きはこいつのせいか？　愛坂桃太郎は、可愛い孫の安寧のため、調べを開始する。

風野真知雄　わるじい慈剣帖（四）　ばあばです　長編時代小説〈書き下ろし〉

長屋の二階から忽然と消えたエレキテル。没収しようと押しかけた北町奉行所の捕り方たちも目を白黒させるなか、桃太郎の謎解きが光る。

風野真知雄

わるじい慈剣帖（五）

あるいたぞ

長編時代小説〈書き下ろし〉

長屋にあるエレキテルをめぐり対立してきた北町奉行所の与力、森山平内との決着の時が迫る！愛する孫のため、此度もわるじいが東奔西走。

風野真知雄

わるじい慈剣帖（六）

おっとっと

長編時代小説〈書き下ろし〉

日本橋の新人芸者、蟹丸の次兄が何者かによって殺された。悲嘆にくれる娘のため、桃太郎は真相をあきらかにすべく調べをはじめるが……。

風野真知雄

わるじい慈剣帖（七）

どこいくの

長編時代小説〈書き下ろし〉

江戸の町のならず者たちの間に漂い始める抗争の気配。その中心には愛坂桃太郎を慕う芸者の蟹丸の兄である千吉の姿があった。

風野真知雄

若さま同心 徳川竜之助【一】

消えた十手

長編時代小説

徳川家の異端児 同心になって江戸を駆ける！剣戟あり、人情あり、ユーモアもたっぷりの傑作時代小説シリーズ、装いも新たに登場!!

風野真知雄

若さま同心 徳川竜之助【二】

風鳴の剣

長編時代小説

憧れの同心見習いとなって充実した日々を送る竜之助の身に、肥後新陰流を操る凄腕の刺客たちの影が迫りくる！　傑作シリーズ第二弾！

風野真知雄

若さま同心 徳川竜之助【三】

空飛ぶ岩

長編時代小説

徳川竜之助を打ち破り新陰流の正統を証明せんと、稀代の天才と称される刺客が柳生の里からやってきた。傑作シリーズ新装版、第三弾！

風野真知雄

若さま同心 徳川竜之助【四】

陽炎の刃

長編時代小説

珍事件解決に奔走する竜之介に迫る、姿の見えぬ刺客。葵新陰流の刃は捉えることができるのか!?　傑作シリーズ新装版、待望の第四弾！

風野真知雄　若さま同心 徳川竜之助【五】
秘剣封印
長編時代小説

因縁の敵、柳生全九郎とふたたび対峙し、徳川竜之助の葵新陰流の剣が更なる進化を遂げる！傑作シリーズ新装版、第五弾！

風野真知雄　若さま同心 徳川竜之助【六】
飛燕《つばくろ》十手
長編時代小説

江戸の町を騒がせる健脚の火付け盗人の噂。徳川竜之助は事件の不可解な点に気づき、調べを始めるが……。傑作シリーズ新装版、第六弾！

金子成人　ごんげん長屋つれづれ帖【一】
かみなりお勝
長編時代小説〈書き下ろし〉

根津権現門前町の裏店を舞台に、長屋の人情や親子の情をたっぷり描く、くすりと笑えてほろりと泣ける傑作人情シリーズ、注目の第一弾！

金子成人　ごんげん長屋つれづれ帖【二】
ゆく年に
長編時代小説〈書き下ろし〉

長屋の住人で、身重のおたかが倒れてしまった。周囲の世話でなんとか快方に向かうが、亭主の国松は意外な決断を下す。落涙必至の第二弾！

金子成人　ごんげん長屋つれづれ帖【三】
望郷の譜《ふ》
長編時代小説〈書き下ろし〉

長屋の住人たちを温かく見守る彦次郎とおよしの夫婦。穏やかな笑顔の裏には、哀しい過去が秘められていた。傑作人情シリーズ第三弾！

坂岡真　はぐれ又兵衛例繰控《れいくりびかえ》【一】
駆込み女
長編時代小説〈書き下ろし〉

南町の内勤与力、天下無双の影裁き！「はぐれ」と呼ばれる例繰方与力が頼れる相棒と悪党退治に乗りだす。令和最強の新シリーズ開幕！

坂岡真　はぐれ又兵衛例繰控《れいくりびかえ》【二】
鯖断《さばだ》ち
長編時代小説〈書き下ろし〉

長元坊に老婆殺しの疑いが掛かった。南町の協力を得られぬなか、窮地の友を救うべく奔走する又兵衛のまえに、大きな壁が立ちはだかる。